HARLEQUIN®
Deseo®

HECHO A LA MEDIDA
Joan Elliott Pickart

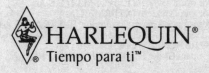

HARLEQUIN®
Tiempo para ti™

NOVELAS CON CORAZÓN

Editado por HARLEQUIN IBÉRICA, S.A.
Hermosilla, 21
28001 Madrid

I.S.B.N.: 84-396-8846-6
Depósito legal: B-9685-2001
Editor responsable: M. T. Villar
Diseño cubierta: María J. Velasco Juez
Composición: M.T., S.L.
Avda. Filipinas, 48. 28003 Madrid
Fotomecánica: PREIMPRESIÓN 2000
c/. Matilde Hernández, 34. 28019 Madrid
Impresión y encuadernación: LITOGRAFÍA ROSÉS, S.A.
c/. Energía, 11. 08850 Gavá (Barcelona)
Fecha impresion para Argentina:8.10.01
Distribuidor exclusivo para España: M.I.D.E.S.A.
Distribuidor para México: INTERMEX, S.A.
Distribuidores para Argentina: interior, BERTRAN, S.A.C. Vélez
Sársfield, 1950. Cap. Fed./ Buenos Aires y Gran Buenos Aires,
VACCARO SÁNCHEZ y Cía, S.A.
Distribuidor para Chile: DISTRIBUIDORA ALFA, S.A.

Capítulo Uno

Richard MacAllister entró en su casa y dio un portazo. Se quitó la chaqueta, la tiró sobre una silla, pero para recogerla inmediatamente, llevársela a su habitación y colgarla en su sitio.

Volvió al salón y se tiró en el sofá, pero se levantó de nuevo y empezó a pasear nerviosamente.

—Mujeres —murmuró—. ¿Quién las necesita? Son un engorro. No te puedes fiar de ellas, son impredecibles, incomprensibles. Me vuelven loco.

Richard se detuvo y se pasó las dos manos por la cabeza, luego se acercó a la pared más alejada del salón y le dio tres fuertes puñetazos.

—Está en casa —dijo mirando a la pared—. En un momento como este un hombre necesita hablar con su mejor amiga. Vamos, vamos, hazme saber que estás ahí.

Entonces sonaron dos golpes en la pared y él respondió inmediatamente con uno solo.

«Bien», pensó. Mensaje enviado, recibido y respondido. Tres golpes para ver si hay alguien en casa, dos para decir que sí y uno para decir que se vaya a ver al otro. Primitivo, pero funcionaba. Y además era divertido, un código secreto conocido solo por él y su amiga.

Unos momentos más tarde, su mejor amiga llegaría y él le podría llorar en el hombro.

Richard pensó que él era un hombre ya crecido y perfectamente capaz de controlar sus emociones, de lamerse sus heridas y seguir con su vida. ¿Pero por qué sufrir solo cuando sabía que su mejor amiga estaba dispuesta a compartir sus penas?

Llamaron a la puerta y él fue a abrir.

—Me alegro de verte —dijo—. Realmente estoy hecho polvo y... Vaya. Eso no está bien. Llevas tu bata color sopa de guisantes, lo que significa que debes sentirte fatal para haberla sacado del armario. ¿Qué te pasa, Brenda?

Richard entornó los párpados y miró a la mujer que tenía delante. Su mejor amiga.

Brenda no estaba tan alegre como habitualmente, pensó. Había cubierto su esbelta figura del cuello hasta los pies con esa horrible bata acolchada color sopa de guisantes, un signo evidente de que no estaba en su mejor momento.

Por el rollo de toallas de papel que llevaba bajo el brazo y la forma como se sonaba la roja nariz, pensó que se encontraba enferma. También la veía muy pálida y sus normalmente brillantes ojos castaños, parecían vidriosos.

—¿Puedo pasar, Richard? —Dijo ella antes de volver a sonarse la nariz.

–¿Qué? Oh, claro, lo siento –dijo él mientras la hacía pasar–. Solo te estaba mirando. Tienes un aspecto espantoso, Bren.

Brenda lo miró mientras pasaba a su lado. Llevaba los pies metidos en unas enormes zapatillas de deporte que realmente pertenecían a Richard.

–Muchas gracias –dijo al tiempo que se dejaba caer en el sofá–. Eso es justo lo que necesitaba oír. Eres magnífico para levantarle la moral a una mujer.

Richard se apoyó en la mesita de café delante de Brenda y ella lo recorrió con la mirada y arrugó la nariz.

–Pues tú tampoco es que tengas muy buen aspecto, Richard. Estás despeinado, y eso significa que te has pasado las manos por el pelo. Tienes ojeras y también estás bastante pálido.

–Sí, bueno...

–Sigues siendo guapo, pero necesitas un corte de pelo. Es un bonito pelo, castaño claro y quemado por el sol, pero ahora parece como si hubieras metido los dedos en un enchufe. En una escala del uno al diez, estás en un cinco.

Richard se colocó el cabello con las dos manos y luego se acercó a Brenda.

–¿Estás enferma? Que estás de un humor de perros es evidente, ¿pero te encuentras realmente mal?

–Sí, voy a morir a medianoche. Adiós, Richard. Solo quiero que sepas que has sido un gran amigo durante estos últimos catorce meses y yo...

–¿Quieres dejarlo? ¿Qué te pasa?

–Una infección de los senos nasales –dijo Brenda y se sonó la nariz–. Ayer me sentía tan mal que fui al médico y me dio un antibiótico. Pero tonta que soy, salí de todas formas a mi cita a ciegas de anoche.

–Creía que habías jurado que nunca más irías a una cita a ciegas.

–Estaba desesperada –dijo ella y suspiró–. El tipo era un amigo del primo de uno de los clientes de la agencia de viajes. Un dentista. Es dentista. Y se pasó toda la velada mirándome los dientes.

Richard se rio, pero se calmó cuando Brenda lo miró fijamente.

–Yo no me rio de ti, Richard. Cada vez que yo sonreía, él me miraba a los dientes. Hablaba con ellos, ¿sabes lo que te quiero decir? Cuando me llevó a casa, me abrazó y me dijo que tenía los dientes más bonitos que había visto desde hacía mucho tiempo y luego me dio un beso en la frente. Así que salí de mi cama de enferma para eso. Nunca más. Se acabaron las citas a ciegas para mí. Puede que hasta me olvide de los hombres.

–Bienvenida al club –dijo Richard.

–¿Ah? ¿Tú también te vas a olvidar de los hombres? –dijo ella y se rio.

–Muy graciosa.

Richard se levantó y se puso una mano en el cuello.

—Estoy hasta aquí de la especie femenina. ¿Por qué estás usando toallas de papel para tu pobre y colorada nariz?

—Porque me he quedado sin pañuelos. Los puse en mi lista de la compra, pero...

—Sí, ya lo sé, perdiste la lista. ¿Qué pasó con el pingüino de imán que te traje de Alaska. Se suponía que era para sujetar la lista de la compra al frigorífico.

—No lo puedo encontrar —dijo Brenda—. Me refiero al imán. No sé dónde está. Aunque el frigorífico sigue en su sitio, creo.

—Quédate. No puedo soportar el castigo que le estás dando a tu pobre naricita.

Richard se levantó entonces.

—¿Pobre naricita? ¿Es que te quieres parecer al dentista? Se quedó pasmado con mis dientes. Ahora, si puedo encontrar a algún idiota que se quede embobado con mis ojos, tendré toda la cara siendo adorada por unos pesados.

Richard volvió momentos más tarde con un pañuelo de tela limpio. Le quitó el rollo de papel de debajo del brazo, lo dejó sobre la mesa y le puso en la mano el pañuelo.

—Toma, usa esto —dijo y se sentó en el sofá a su lado.

—Gracias.

Brenda se sonó la nariz.

—Es muy suave y huele a limón. Lo lavaré y te lo devolveré más tarde.

–No. Lo perderás en alguna parte entre la lavadora y la secadora.

–Eso no es justo. Te niegas a creerme cuando te digo que las lavadoras de la lavandería de este edificio se comen mis cosas. De verdad que se las comen. Por supuesto, eso no lo puedes saber tú porque mandas a lavar fuera tu ropa.

–Lo que sea –dijo Richard–. Muy bien, las lavadoras se tragan tus cosas.

Brenda frunció el ceño y se colocó bien para poder mirar mejor a Richard.

–¿Te rindes con lo de las lavadoras? ¿Sin más? Cielo santo, si que estás mal. ¿Qué pasó? Más aún, ¿cuándo pasó lo que haya pasado? Ni siquiera sabía que hubieras vuelto de Kansas City.

–Llegué esta tarde. Agotado. Anoche llamé a Beverly desde Kansas y quedé con ella. Realmente ansiaba salir con ella, verla y pasar un buen rato. ¡Ja! ¡Vaya chiste!

–¿Qué fue mal?

–Ha roto conmigo, Bren. Ha conocido a otro mientras yo no estaba. El tipo es un broker de bolsa. Beverly me dijo que tener una relación con un experto en solucionar problemas informáticos era como ser una monja de clausura, ya que lo único que hacía ella cuando yo estaba fuera era quedarse en su casa.

–En eso tiene razón –dijo Brenda pensativamente.

–Oh, muchas gracias. ¿De qué lado estás?

Acaban de dejarme, Bren. Me gustaría un poco de compasión, si no es mucho problema por tu parte, compañera.

–Bueno, ¿y qué quieres que te diga? Vamos a ver la situación desde un punto de vista sincero. Tú te marchaste a Alaska justo después de Año Nuevo, en cuanto supiste que tu tío Robert se iba a recuperar del ataque al corazón y la operación que siguió.

–¿Y?

–Que estuviste fuera casi dos meses. Luego volviste a casa, conociste a Beverly en una fiesta y la estuviste viendo casi cada noche durante... ¿tres o cuatro semanas?

–Y esas semanas fueron explosivas –dijo él como añorándolo–. ¡Vaya!

–Ahórrame los detalles. Luego te fuiste a Kansas City y has estado allí un mes. ¿Qué esperabas que hiciera Beverly? Solo habéis estado saliendo unas pocas semanas y luego, ¡puf! Desapareces sin poder decirle siquiera cuándo vas a volver a Ventura.

–Yo nunca sé cuánto tiempo voy a estar fuera, ya lo sabes. Eso depende de lo que descubra cuando llego al lugar de trabajo, del problema que tengan con los ordenadores.

–Eso ya lo sé, Richard, pero si yo te echo de menos cuando no estás, imagínate lo que le puede pasar a alguien que tenga sentimientos románticos hacia ti. Estaba claro que le importabas a Beverly, pero vuestra relación era demasiado nueva para esa clase de separación. Se marchó antes de resultar herida. Lo siento, mi querido amigo, pero la verdad es que le doy la razón.

—No estás haciendo nada por sacarme de mi depresión, Brenda.

—Lo siento, colega, pero yo llamo a eso ser sincera. Afróntalo, Richard. Te va a costar mucho, si es que puedes, encontrar a una mujer con la que casarte y tener esos hijos que tanto quieres si insistes en seguir trabajando en eso. Todos los viajes que haces son mortales para tus romances, debido a la falta de alimento que sufren entonces. Es gracioso, cuando tengo una infección nasal me pongo realmente profunda.

—Ahora estoy oficialmente más allá de la depresión —dijo él—. Vaya mejor amiga que eres, Brenda Henderson. Me has empujado por encima del borde de mi desesperación a una nada vacía, oscura y fría.

—Creo que eso es una redundancia, Richard.

—Bueno, lo que quieras. Ya no quiero hablar más de esto —dijo Richard mientras se ponía en pie—. Vamos a celebrarlo.

—¿Qué tenemos que celebrar?

Richard se dirigió a la cocina y respondió:

—No tengo ni idea. Ya pensaremos en algo.

Volvió con una botella de vino y dos copas. Llenó las copas y le dio una a ella. Luego levantó la suya.

—Por nosotros —dijo—. Los mejores amigos. En los buenos y malos tiempos. La noche de sábado que estamos experimentando debe ser una de los peores. ¡Espera! No creo que debas beber alcohol mientras estás tomando antibióticos.

–Algo ponía en el frasco, pero esto no es precisamente un whisky. Un poco de vino no me hará daño. Puede que, incluso, me haga relajarme y sentir mejor, porque estoy muy estresada.

–Bueno, de acuerdo, pero voy a limitarte lo que tomes.

Chocaron sus copas y bebieron. Luego Richard se sentó de nuevo al lado de Brenda.

–Cuéntame alguna tontería. Eso me animará.

–Es un buen vino –afirmó ella–. Estos antibióticos que estoy tomando me dan mucha sed. El vino me ha bajado muy suavemente por la garganta.

Richard se sirvió más.

–Por favor, cuénteme alguna tontería, señorita Henderson.

–Ciertamente, señor MacAllister. ¿Sabías que las gomas duran más si las guardas en el frigorífico? ¿Qué te parece eso?

–No está mal. Recuérdame que he de poner las mías en el frigorífico. No, olvídalo, mejor escríbete una nota para recordarte que me lo tienes que recordar y luego piérdela.

–Sí –dijo Brenda, se rio y se tomó su vino–. Un vino muy suave. Me está calentando hasta los dedos de los pies.

Levantó los pies y se quitó las zapatillas y calcetines antes de añadir:

–¿Te han contado alguna tontería en Kansas City?

–Claro, mi pobre y enferma compañera.

Richard tomó los calcetines, los dobló y los dejó sobre la mesa de café. Luego le pasó un brazo sobre los hombros a Brenda.

–Pero antes lléname la copa, por favor.

–Solo te daré un poco más de vino. Vamos a no tentar a la suerte con la mezcla de vino y antibióticos, Bren. Eso me preocupa.

–Un poco más me parece bien. Ya me ha animado bastante.

Richard se lo sirvió.

–¿Sabías que hay doscientas noventa y tres formas de dar cambio de un dólar?

Richard se terminó su copa, la dejó sobre la mesa y le dio un beso en la nariz a Brenda.

–¿Qué te ha parecido eso? –le preguntó–. ¿Te ha dejado sin habla? Olvida esa parte. No hay nada que pueda dejarte sin habla a ti. No podrías dejar de dar tu opinión fuera cual fuese la circunstancia.

–Probablemente tengas razón en eso –dijo Brenda riendo.

–¿Y? ¿Te ha gustado la tontería que te he contado?

–No ha estado mal. Definitivamente le gana a lo de dejar las gomas en el frigorífico.

Se volvió y le dio un beso en la mejilla a Richard antes de añadir:

—Tú ganas este asalto, sin duda.

—Bien por mí —exclamó él y contuvo un bostezo—. Estoy agotado. He estado trabajando de dieciséis a dieciocho horas diarias en Kansas, luego vuelvo a casa y me encuentro con que Betty me ha dejado. La vida apesta a veces.

—Richard, se llama Beverly, no Betty.

—Ah, sí, Beverly. Oh, bueno, lo que llega fácil se va fácil. ¿Me puedo creer eso? No. Lo que creo es que, de verdad, a veces la vida apesta. Eso sí.

—Hey, no te pongas así. Acabas de ganarme en decir tonterías. Eso es muy importante, ¿sabes?

—¿Y cuál es mi premio? —Dijo él mirándola.

—Tienes que besar a la perdedora —respondió ella preparando los labios de una forma exagerada y cerrando los ojos.

Richard le plantó un sonoro beso en los labios. Luego dudó una fracción de segundo y la volvió a besar, esta vez suavemente, de una forma muy dulce.

Los labios de ella parecieron fundirse bajo los de Richard, entreabriéndose lo justo para permitir que la lengua de él se introdujera en su boca y se encontrara con la de ella.

Se preguntó qué estaban haciendo. ¿Richard MacAllister y ella se estaban besando?

Bueno, solían besarse a menudo, pero aquello no estaba siendo precisamente un beso amistoso. Aquello era un hombre besando a una mujer, y de verdad.

No deberían estar haciendo eso. No. Y ella iba a terminar inmediatamente con ese beso. Bueno, terminaría pronto. Más tarde. La semana siguiente.

Se le escapó un gemido de placer cuando el beso continuó.

Richard se dijo a sí mismo que tenía que controlarse. Él no solía besar así a Brenda. Pero lo cierto era que ella le estaba respondiendo totalmente, haciéndolo arder en llamas. Sus labios eran tan suaves, tan... No, aquello estaba mal. Esa era Brenda, su mejor amiga. Aquello era una locura. Era... sensacional.

A él también se le escapó un gemido. La rodeó con los brazos y sus labios se encontraron una vez más. La hizo tumbarse sobre el sofá sin interrumpir el beso y luego la hizo colocarse sobre su cuerpo.

El cinturón de la bata de Brenda se había aflojado un poco durante los movimientos y le dejó al aire uno de sus hombros.

Richard parpadeó y luego lo volvió a hacer cuando vio su piel desnuda tan cerca de sus ojos desenfocados. Se agarró más a ella y luego rodó para colocarse sobre ella, con lo que casi se cayeron del sofá. Apoyó su peso en un codo y luego le cubrió de besos el hombro desnudo y más abajo, justo donde acababa la tela, por encima de uno de sus senos.

–¿Qué...? ¿Qué llevas debajo de esta cosa? –le preguntó.

–¿Hum? Oh, no llevo nada. Nada. Acababa

de salir de un largo y caliente baño de burbujas cuando llamaste en la pared. No tuve tiempo de vestirme, así que me puse solo esta bata vieja y cómoda sobre el vestido con el que vine al mundo. ¿Qué te parece eso como tontería?

–Que no es precisamente una tontería –respondió él agitando la cabeza–. Ni se le parece. Voy a volverte a besar ahora, Brenda, porque realmente necesito hacerlo.

Richard bajó la cabeza y la besó con tal intensidad que ella sintió como si se quedara sin respiración. Se estaba sofocando de calor y algo en su interior la estaba impidiendo pensar, permitiéndole solo sentir, saborear, desear...

Desear a Richard.

Arder de deseo por Richard MacAllister.

Unas voces de desaprobación sonaron en el cerebro de Richard, pero no les hizo caso, permitiendo que la pasión le consumiera la mente y el excitado cuerpo.

Estaba ardiendo.

No le importaba nada, salvo la intensidad de su deseo y necesidad de Brenda, que iba mucho más lejos que cualquier otra cosa que hubiera experimentado antes. Y ella lo deseaba a él...

Richard le desató el cinturón y apartó la tela de la bata, exponiendo la totalidad del cuerpo de Brenda que no estaba cubierto por su propio cuerpo.

Bajó la boca hasta sus senos y le rozó el pezón enhiesto con la lengua.

–Mmm –gimió Brenda.

Richard bajó más aún, hasta su plano vientre.

Volvió a los senos y se metió un pezón en la boca. Brenda hundió los dedos en su cabello, haciéndolo apretar más la boca contra su seno.

Se sentía extraña. Pero maravillosamente. Nunca antes había experimentado una pasión tan fuerte, un deseo tan ardiente.

–Richard, por favor –susurró–. Te deseo mucho, por favor...

–Yo también te deseo a ti, Brenda. Pero...

–No pienses. No tenemos que pensar, ¿verdad? Dime que no tenemos que pensar.

–No tenemos que pensar. Nada de pensar. Oh, vaya. Control de natalidad. Es mejor que pensemos en eso.

–Estoy tomando la píldora –dijo ella–. No hay problema.

–Eso hace que termine lo de pensar.

–Oh, gracias a Dios.

Richard se puso en pie y se desnudó rápidamente, dejando la ropa en el suelo. Brenda lo recorrió con la mirada, como si no lo hubiera visto antes, a pesar de que los dos se habían visto a menudo en bañador, cuando iba a las reuniones de los MacAllister con él.

Pero esa vez era diferente. Los pensamientos de ella echaban humo. Ese no era Richard, su colega, su mejor amigo, su compañero. Ahí delante tenía a Richard, el hombre y, oh cielos, era tan evidentemente masculino que desafiaba cualquier descripción.

Era como si, de repente, llevara puestas unas gafas mágicas que estuvieran haciendo que lo viera como no lo había visto nunca antes. Increíble.

Richard se inclinó y la tomó en sus brazos.

La besó intensamente y ella le devolvió el beso de la misma manera, mientras le rodeaba el cuello con los brazos. Él interrumpió el beso y la llevó hasta su dormitorio. La dejó de pie cerca de la cama, que abrió y luego la colocó a ella en el centro para acostarse a su lado a continuación.

Richard pensó que era preciosa y la volvió a besar una vez más. Brenda era exquisita, tan delicada y femenina... Lo hacía muy consciente de su propio tamaño y masculinidad.

Él siempre la había considerado bonita de una manera fresca y vivaz, pero en ese momento, Brenda era la mujer más sensual y excitante que había conocido en su vida.

Sabía, desde que se conocieron al mudarse ambos a sus nuevas casas, que Brenda era divertida, inteligente y cariñosa. Habían descubierto pronto que eran polos contrarios en tantas cosas que nunca podrían ser más que amigos, los mejores. Y siempre estaban disponibles cuando se necesitaban.

¿Pero por qué nunca se había dado cuenta de lo tentadora que era ella? ¿De su belleza?

¿De su sensualidad? Antes la había visto con unos bikinis que apenas eran unas pequeñas tiras de tela y su cerebro atontado nunca se había percatado de lo que estaba viendo en realidad. Ella solo había sido Brenda, su mejor amiga, a quien él había invitado a algunas de las fiestas de los MacAllister junto a la piscina.

Pero eso había sido entonces y esto era en ese momento, y él la deseaba mucho.

Se dijo a sí mismo que no tenía que pensar. Solo tenía que sentir.

Se besaron y acariciaron, exploraron y descubrieron. Allá donde iban las manos luego iban las lenguas y las pasiones se encrespaban.

–Oh, Richard, por favor –suplicó Brenda.

–Sí –respondió él susurrando.

Se colocó sobre ella y la penetró. El húmedo calor de ella le dio la bienvenida. Empezó a moverse, lentamente al principio, luego incrementando el ritmo que ambos siguieron en perfecta sincronización.

Ambos llegaron al límite con segundos de diferencia.

–¡Richard!

–¡Bren, ah, Brenda!

Siguieron agarrados firmemente el uno al otro mientras las últimas oleadas del éxtasis los recorrían y volvían lentamente a la realidad.

Richard se dejó caer sobre ella, saciado. Luego, rodó con sus últimas energías y la abrazó. Después, se taparon ambos con las sábanas.

No hablaron, cada uno de ellos sabía perfectamente que lo que acababan de compartir iba mucho más lejos de lo que habían experimentado anteriormente.

La esencia de ello, la intimidad y perfección hacía que les pareciera como si fuera la primera vez que ambos hacían el amor.

La complejidad de su experiencia compartida empezó a entrarles en las mentes, junto con la verdad chocante de que habían llevado sus papeles como buenos amigos hasta un lugar a donde no llegaban los buenos amigos.

–No pienses –murmuró Richard.

–No –respondió ella con un poco de pánico en la voz–. No pienso.

Se quedaron dormidos entonces, con las cabezas apoyadas en la misma almohada y las manos entrelazadas.

Capítulo Dos

Brenda se despertó al oír el teléfono seguido de una maldición en voz baja.

Se sentó en la cama y abrió mucho los ojos cuando vio a Richard contestar a la llamada.

–Hola –dijo adormilado–. Sí, estaba dormido, pero ahora estoy despierto, me guste o no. ¿Oh? Bueno, dame los detalles, supongo que...

Brenda se tapó con las sábanas para cubrir su desnudez y volvió a tumbarse. Sus pensamientos iban a toda velocidad mientras mantenía agarrada la sábana con ambas manos bajo la barbilla sin dejar de mirar la ancha y desnuda espalda de Richard.

¡Cielo santo había hecho el amor con Richard MacAllister! ¡Había compartido el acto más íntimo con su mejor amigo!

Aquello era terrible, espantoso. ¿Cómo podía haber hecho semejante cosa? Richard era su amigo, su confidente, su compañero, su...

Entonces sonrió al recordar lo que habían hecho esa noche.

Su amante, pensó soñadora. Nunca, en los veintiséis años de su vida, había hecho el amor de esa manera con un hombre.

Tampoco es que hubiera tenido muchos amantes, los justos, pero sabía de alguna manera que lo que habían compartido Richard y ella estaba lejos de la norma y ciertamente había sido mucho más exquisito que cualquier otra cosa que ella hubiera experimentado antes.

Había sido perfecto. ¡Vaya noche!

–¿Está disponible algún otro? –dijo Richard–. Acabo de llegar a casa de Kansas City y estoy agotado. Sí, te he oído, ¿pero dónde está Jeff?

Brenda dejó los recuerdos y se agarró más fuertemente a la sábana.

Se dijo a sí misma que tenía que pensar. Recordaba que esa noche habían quedado en no hacerlo, pero ya era por la mañana y era el momento de pensar.

Pocos segundos más tarde, Richard iba a terminar de hablar y la iba a mirar.

¿Qué le iba a decir? ¿Cómo debía reaccionar? ¿Qué le diría Richard después de lo que había pasado entre ellos? Deseó alcanzar su bata y salir corriendo de allí sin decirle nada.

Pero se dijo que tenía que controlarse. Era una mujer madura que había hecho el amor con un hombre maduro. Era algo muy normal.

Cerró los ojos y agitó la cabeza. Una parte de ella estaba horrorizada por lo que había hecho y otra, porque hubiera destrozado una preciosa amistad. Aunque una tercera parte no lamentaba nada el haber tenido una fantástica noche de sexo.

Cielo santo, pensó y abrió los ojos. ¿Qué le iba a decir a Richard?

–Sí, de acuerdo –dijo él–. ¿Dónde estará el billete? ¿Estás seguro de que no hay un vuelo más tarde? Voy a tener que apresurarme mucho. Muy bien, muy bien, adiós.

Richard colgó y añadió:

–Demonios...

Brenda no dejaba de pensar que eran adultos maduros mientras veía como Richard giraba la cabeza lentamente hacia ella.

–Hola, Bren –dijo él con una expresión ilegible en el rostro.

–Oh, soy invisible –gimió ella y se tapó la cabeza con la sábana.

Richard se tumbó a su lado y se tapó también. Hasta el pecho.

–Y yo –suspiró–. No estoy aquí, así que no intentes hablar conmigo.

Brenda bajó la sábana lo justo para poder mirarlo.

–¿Es esa la forma en que se comportan los adultos maduros? Debería darte vergüenza.

Richard se giró hacia ella y se apoyó en un brazo.

–¿Pero tú estás actuando como una adulta madura? Esconderte bajo las sábanas no me parece muy convincente, Bren.

Brenda suspiró y bajó la sábana hasta debajo de la barbilla.

–No sé qué decirte. De verdad. Estoy muy confusa. Lo único que sé es que no te quiero perder como mi mejor amigo, Richard. Eso me rompería el corazón. Supongo que lo que hicimos estuvo mal, ya que los mejores amigos no... Pero la verdad es que fue tan bonito, tan increíble. No deberíamos... Pero... ¡Oh, estoy diciendo estupideces!

–Sí, así es. Estás repitiendo exactamente lo que habría dicho yo si no hubieras hablado tú antes. Necesito que seas mi mejor amiga, Brenda. Como antes de que... Pero tienes razón. Lo que hemos compartido ha sido muy serio. Muy... bonito. La verdad es que no puedo decir sinceramente que me arrepienta de que hayamos hecho el amor, pero sí me arrepentiré durante el resto de mi vida si eso me cuesta tu amistad.

Richard la siguió mirando a los ojos mientras el deseo crecía entre ellos, ganando calor según iban recordando lo que había pasado esa noche.

Richard apartó la mirada y rompió ese ambiente sensual que estaba empezando a envolverlos.

–No, no va a volver a suceder –dijo sin mirarla–. Nunca. Brenda, escucha. Hace mucho tiempo que sabemos que somos demasiado diferentes en demasiadas cosas. Tanto que nunca podríamos tener una relación. No funcionaría entre nosotros, ¿no?

–Cierto. No funcionaría. Nada de eso.

–Hemos hecho al amor fantásticamente, nunca en mi vida había experimentado...

Bueno, borra eso. De lo que estamos hablando es de nuestra amistad, de lo mucho que significa para nosotros, ¿no es así?

–Así es –dijo Brenda–. Nuestra amistad.

–Ahora tenemos que estar de acuerdo en no hablar nunca de lo que ha sucedido esta noche. Estoy pensando en esto según hablo, así que presta atención. Sí, eso es. No hablaremos nunca de ello. Lo que hemos compartido ha sido magnífico, pero ha terminado, así que hemos de olvidarlo. En este momento estamos renovando nuestros votos de amistad.

–Oh, Bueno –dijo ella–. Eso parece razonablemente razonable, supongo. Solo... lo olvidaremos. Lo de haber hecho el amor. Claro que fue tan increíblemente sensual, tan maravilloso que casi no se puede describir y...

–Maldita sea, Bren, corta ya.

–Lo siento, lo siento. Me he dejado llevar un poco y he entendido lo que me has dicho, Richard. No sé cómo vamos a renovar unos votos que no recuerdo haber pronunciado nunca, pero...

–Era una forma de hablar. Accedemos a seguir siendo los mejores amigos. ¿Me sigues?

–Claro. Es un plan excelente, Richard y te agradezco que lo hayas pensado, ya que tengo el cerebro atontado. Declaro que tú, Richard MacAllister eres mi mejor amigo y siempre lo serás.

–Muy bien –dijo él y asintió–. Yo declaro que

tú, Brenda Henderson, eres mi mejor amiga y siempre lo serás. Y esto lo soluciona todo.

Ciertamente. ¿Te importaría ir al salón y traerme la bata para que me la pueda poner e irme a mi casa?

–¿Por qué no puedes ir tú misma?

–Porque estoy desnuda, Richard. Y no estoy dispuesta a desfilar delante de ti desnuda, como el día en que nací.

–¿Pero quieres que yo haga lo mismo delante de ti? Esto es ridículo. Nuestro comportamiento está muy lejos del de unos adultos maduros. Ya basta.

Richard apartó las sábanas, se levantó de la cama y atravesó la habitación.

–¡Cielo santo! –susurró Brenda cerrando con fuerza los ojos.

Pero los volvió a abrir inmediatamente para echarle un vistazo a Richard.

–Vaya, vaya....

–Estás mirando, Henderson –le dijo él por encima del hombro.

–No te lo crees ni tú, MacAllister –respondió ella y volvió a cerrar los ojos.

Momentos más tarde, la bata color guisante le cayó sobre la cabeza. Brenda no se movió. Luego oyó abrirse y cerrarse las puertas de un armario y la del cuarto de baño.

Cuando empezó a correr el agua de la ducha, se levantó de la cama y se puso la bata. Miró si seguía en el bolsillo la llave de su casa y luego empezó a dirigirse a la puerta.

Se detuvo en la de la habitación y miró de nuevo a la cama.

El plan de Richard era bueno. Ninguno de los dos quería hacer nada que estropeara su amistad, así que no volver a hablar de lo que había sucedido esa noche era una muy buena idea. Seguirían con sus vidas como si no hubiera pasado nada.

Suspiró y se marchó de allí.

Pero tenía la impresión de que tardaría mucho, si es que lo hacía alguna vez, en olvidarse de aquella noche.

Durante la hora siguiente, Brenda se duchó, se puso unos vaqueros y un top rojo. Tenía poco con que desayunar en el frigorífico, así que se comió un bol de cereales sin leche, un vaso de zumo de naranja y un pedazo de bizcocho.

Se dio cuenta de que estaba mejor de la infección nasal. Al parecer los antibióticos habían hecho su efecto y era una mujer nueva.

Apoyó los codos en la mesa y pensó que sí, que era una mujer diferente de la del día anterior. Ahora se podía contar entre aquellas que habían experimentado una buena sesión de hacer el amor como debe ser.

Pensó que era muy triste que pudiera ser que nunca más lo volviera a experimentar en toda su vida.

Porque no iba a volver a hacer el amor con Richard otra vez y las posibilidades de estar en una situación tan íntima con cualquier otro hombre en el futuro eran extremadamente remotas.

–El muy canalla –dijo–. Ahora nadie va a dar la talla , y es culpa suya.

Se dijo a sí misma que tenía que dejarlo.

Mientras fregaba pensó que nada de lo que había sucedido esa noche era culpa de Richard. La responsabilidad era de los dos, y habían accedido a ser consecuentes con sus actos a la luz del nuevo día.

Richard continuaría tratando de encontrar a la mujer de sus sueños, su alma gemela, la madre de sus hijos. Y ella, suponía, seguiría saliendo con el primo de alguien, esperando enamorarse del hombre adecuado y vivir feliz para siempre.

Cuando volvió al salón, se dejó caer en el sofá y apoyó los pies descalzos en la mesita de café.

¿Por qué la imagen de Richard en la cama con una mujer sin rostro le causaba un nudo en la boca del estómago y un escalofrío que le recorría toda la espalda?

No lo sabía, pero no tenía sentido. Richard seguiría con su vida como antes de que hubieran hecho el amor. Él pensaba olvidarlo y no hablar nunca de ello.

Y así era como debía ser.

Él haría lo suyo y ella lo de ella, y se encontrarían en medio como los mejores amigos, como siempre habían sido.

Así sería. Pero si era así, ¿por qué se sentía con ganas de llorar?

Tal vez no hubiera superado del todo la infección nasal, pensó mientras se ponía la mano en la mejilla y luego en la frente. Estaba débil y por eso tenía unas emociones tan raras.

Eso sí que tenía sentido.

—Muy bien —dijo y se puso en pie.

Tenía un día muy ajetreado por delante. Haría una lista e iría a la compra, luego haría la colada y por último, pasaría la aspiradora y fregaría la casa.

—Vaya una forma horrible de pasar un domingo —se dijo a sí misma.

Entonces llamaron a la puerta y, cuando abrió, se encontró con un Richard con el ceño fruncido, vaqueros y una camisa negra.

—Muy bonito —dijo él al tiempo que entraba en la casa—. Dejar mi cama y desaparecer mientras yo estaba en la ducha. Eso es tener tacto, Bren.

—¿Por qué? —dijo ella al tiempo que cerraba la puerta. Tú sabías que vendría aquí tan pronto como tuviera mi bata.

—Hay una cierta etiqueta que tiene que ver con *la mañana de después*, señorita Henderson. Desaparecer de escena mientras yo estaba en la ducha no encajaría en el «manual de etiqueta para señoritas».

—En esos manuales no suelen hablar de esas cosas. Bueno, no lo creo. Pero el caso es que ya habíamos sobrepasado *la mañana de después*, señor MacAllister. Ya lo hemos discutido y llegado a un acuerdo acerca de no volver a hablar de ello... o lo que fuera. Así que, con respecto a tu mal humor, supéralo.

Richard suspiró y se pasó una mano por el cabello.

–Lo siento –dijo–. Tienes razón. Solo estoy enfadado porque he de volar a Detroit dentro de dos horas. Eso estaría bien si quisiera ahorrar para comprarme un coche nuevo, pero no es ese el caso, así que no me apetece nada irme a Detroit.

–¿Te marchas de nuevo? ¿Tan pronto? –dijo Brenda al tiempo que se sentaba en el sofá–. Normalmente te suelen dar por lo menos unos días para recuperarte y atender a tus asuntos personales.

–Sí, ya lo sé –respondió él y se sentó en una silla delante del sofá–. Pero esta es una emergencia más urgente de lo normal, y nadie más está disponible.

–¿Pero y la boda de tu hermana? Se va a casar con Andrew el próximo fin de semana. No puedes faltar a la boda de Kara. ¿Y si no has terminado para entonces con ese trabajo en Detroit?

–Me mantendré en contacto con Kara si el trabajo se alarga y veré si pueden posponer la ceremonia de nuevo. Si tiene que ser este fin de semana, iré en avión y luego me volveré de nuevo a Detroit. Ya la han retrasado dos veces, así que...

—Pero no fue por su culpa. Kara y Andrew están decididos a casarse en el salón de su nueva casa y con lo que ha llovido, no han podido terminarla a tiempo. Eso primero y luego, el retraso que sufrió la entrega de la moqueta que habían encargado. La verdad es que no sé si se podrán casar el próximo fin de semana o no.

—Sí, bueno, como te digo. Puedo llamarla desde Detroit. Hum... ¿tienes pensado llevar a alguien contigo a la boda?

—No —dijo Brenda agitando la cabeza—. La boda es solo para la familia y me siento muy honrada por que me hayan incluido a mí. No se me ocurriría nunca llevar a otra persona.

Richard asintió.

—¿Y por qué no vamos juntos?

—Claro. Está bien. Además, ya les hemos comprado a medias la barbacoa de gas que tienes preparada en tu casa.

—Perfecto —dijo él al tiempo que se ponía en pie—. De acuerdo entonces. Tengo que hacer la maleta e irme al aeropuerto. ¿Cómo te encuentras de la infección?

Brenda se levantó también.

—Creo que estoy curada. Puede que me convenza a mí misma de que tendré una recaída si voy a la compra, a la lavandería y luego limpio la casa, que es mi excitante agenda para hoy.

—Es mejor que ir a Detroit. Bueno, he de irme —dijo él sin moverse—. Sí, he de irme.

—Muy bien, adiós. Que tengas buen viaje. Ya te veré cuando vuelvas. Hasta luego, Richard.

–Hasta luego, Bren.

Sus miradas se encontraron y sus corazones empezaron a acelerar sus pulsaciones. Richard dio un paso hacia ella en el mismo momento en que ella lo dio hacia él. Richard parpadeó y se aclaró la garganta para romper el encanto del momento. Luego se dirigió a la puerta.

–Nos veremos –dijo y se marchó cerrando la puerta con más fuerza de la necesaria.

–Nos veremos –susurró ella a la habitación vacía. Luego, se enjugó una inexplicable lágrima que se le había escapado.

Capítulo Tres

–Bueno, Brenda, estás real y definitivamente embarazada.

La doctora Kara MacAllister miró intensamente a Brenda, que estaba sentada en una silla delante de su mesa en la consulta.

–¿Brenda?

–Oh. Estaba esperando a que terminaras la broma, Kara. La verdad es que no la has empezado muy bien. Se suponía que tenías que decir: señora Henderson, tengo buenas noticias para usted. Luego, yo diría: soy señorita; y tú rematarías la faena añadiendo: bien, señorita Henderson, entonces tengo malas noticias para usted. Bueno, vale, a mí también se me da muy mal hacer bromas. ¡Bueno! ¿Qué me pasa? ¿Por qué me siento tan cansada y se me revuelve tanto el estómago últimamente? Ah, antes de que se me olvide, gracias por atenderme hoy. El médico que me ha estado viendo desde que era pequeña me encargó que le preparara un crucero y ahí está, allá donde le haya mandado, que no lo recuerdo.

–Brenda –dijo Kara–. No estaba tratando de gastarte una broma. De verdad que estás embarazada. De unas cuatro semanas, y es por eso por lo que tienes el estómago revuelto por las mañanas y te sientes cansada.

Brenda la miró pasmada.

–¿Perdona? ¿Que estoy qué de cuatro semanas?

–Embarazada. Preñada. Con un niño dentro. Que tienes un bollo en el horno. ¿De cuántas maneras quieres que te lo diga?

Brenda se puso en pie de un salto.

–¡Eso es imposible! Seguro que no estoy embarazada, Kara MacAllister. ¿Cómo me puedes decir semejante cosa? Has cometido un error. Ya sé que, por fin, Andrew y tú os vais a casar mañana después de un millón de retrasos, pero deberías centrarte en tu trabajo mientras sigas trabajando. Has metido la pata, Kara, pero te perdono.

–Brenda, por favor, siéntate.

Brenda se sentó de nuevo.

–Yo estoy tomando la píldora, ¿recuerdas? Y una no se queda embarazada cuando la está tomando, doctora MacAllister.

–Sí, se queda, señorita Henderson. Cuando se toman antibióticos que anulan el efecto de las pastillas. Me dijiste que los estuviste tomando por una infección nasal que tuviste hace un mes y, juntando eso con tu ciclo, además de las pruebas y exámenes que te he hecho... ¿Qué más pruebas necesitas? Vas a tener un hijo.

–No seas tonta.

Luego Brenda abrió mucho los ojos y se le cayó el estómago a los pies.

—¿Que voy a tener un hijo?

—¡Por fin! —respondió Kara y suspiró aliviada—. Ya lo has entendido. Sí, mi querida amiga, vas a tener un hijo.

Kara se levantó, acercó otra silla a la de Brenda y se sentó a su lado. Luego tomó sus dos manos en las de ella.

—Es evidente que no tenías pensado quedarte embarazada, ¿verdad?

—Pues no. No me lo puedo creer. Bueno, quiero decir, me lo creo, pero... ¡No me lo puedo creer!

—Bueno, pues es cierto, Brenda. No tienes por qué tomar ninguna decisión todavía con respecto al embarazo, pero estoy segura de que eres muy consciente de que tienes varias opciones por delante. Por supuesto, también habrá que tener en cuenta la opinión del padre del niño, deberías contárselo.

—¿El padre del niño?

Oh, cielos. ¡Estaba embarazada de Richard MacAllister!

—No me lo puedo creer.

Kara se rió.

—Estás empezando a parecer un disco rayado.

Luego se puso seria y añadió:

—Bren, por favor, no te ofendas por lo que te voy a preguntar, pero lo tengo que hacer. ¿Sabes quién es el padre?

–Oh, sí, claro que sé quien es. No es que tenga una larga lista de amantes aporreando mi puerta, Kara. Cielo santo, vaya lío, vaya un desastre, vaya catástrofe, vaya...

–Corta ya. Lo entiendo. No estás precisamente encantada con la perspectiva de tener un hijo.

Brenda se llevó las manos al todavía plano vientre y sonrió embobada.

–Un hijo... Un milagro. En mi interior. Un hijo que está creciendo y desarrollándose incluso ahora, mientras hablamos. ¿No es increíble? Me pregunto si será niño o niña. Kara, soy una futura mamá. Voy a tener un hijo.

–¿De verdad? –dijo Kara y se rio–. Bueno, supongo que eso responde a la pregunta acerca de si vas a seguir con el embarazo o no. ¿No es así?

–Oh, sí. Por supuesto que lo voy a tener. Me siento muy excitada. No, la verdad es que estoy aterrorizada.

Agitó una mano en el aire y añadió:

–Ignora todo esto. Solo necesito tiempo para hacerme a la idea, eso es todo. Después, espero que podré cancelar lo de estar aterrorizada.

–Esas emociones confusas son muy comprensibles. Ahora volvamos al tema del padre, ¿quieres?

–No, no quiero.

Brenda agitó la cabeza y pensó en cómo reaccionaría Kara si supiera que era su hermano mayor. ¡Vaya notición!

–No quiero hablar de él.

–¿Por qué no? ¿No crees que te vaya a apoyar?

–Puede que sí, pero es muy complicado, Kara, y no quiero hablar de ello.

–De acuerdo... por el momento. Pero el tema de esta paternidad no va a desaparecer solo porque te resulte... incómodo de alguna manera. Ya sabes que estoy aquí para cuando quieras hablar con alguien. ¿Quieres que le envíe los resultados de tus pruebas a tu médico habitual?

–No. Preferirías que tú fueras mi médico de ahora en adelante. Ya sé que no estás aceptando pacientes nuevos para tener más tiempo para pasarlo con Andy, pero por favor, Kara. Di que serás mi médico durante el embarazo.

–Claro que lo seré.

–Muchas gracias. ¿Va a ir Andy mañana a la boda?

–Claro que va a ir –dijo Kara sonriendo–. Andrew y yo le hemos comprado un trajecito precioso. La otra gran noticia que tengo que darte es que, cuando hablé con la asistente social esta mañana, me dijo que tiene listos todos los papeles para que Andrew adopte a Andy tan pronto como nos hayamos casado. Todos seremos entonces Malone, pero yo mantendré el apellido MacAllister profesionalmente. Así será menos confuso para mis pacientes. Y nos estamos saliendo del tema del padre de tu hijo hablando del padre del mío. Ya sé que no quieres hablar de él, pero dado que piensas tener el hijo, ¿no crees que ese hombre tiene derecho a saber que va a ser padre?

–No. Sí. Bueno, supongo. Bueno, sí, supongo que tendrá que saberlo.

Además, pensó ella, le sería imposible ocultarle el hecho, ya que vivía puerta con puerta del padre de su hijo. El padre de su hijo... Richard MacAllister. ¡Oh, cielo santo! De verdad que no se lo podía creer.

¿Cómo se lo iba a poder contar a Richard?

–Bueno –dijo Kara poniéndose en pie–. Tengo esperando a otro paciente. Te voy a recetar unas vitaminas, además de que te voy a proporcionar un montón de información que he recogido de todas las futuras madres que han pasado por aquí. Si tienes alguna duda, llámame. Cuando salgas, di que te apunten para dentro de un mes. Y con respecto a los mareos mañaneros, hay algunas formas de controlarlos que verás en los papeles que te voy a dar.

Brenda se levantó y Kara le dio un abrazo.

–Enhorabuena. Te lo puedo decir ahora que sé que quieres tener ese hijo. Recuerda esto también, Brenda. No importa como reaccione el padre, no estás sola. Se te considera un miembro de la familia MacAllister y eso significa que tienes mucha gente que te apoya. Quiero que lo sepas, sobre todo dado que tus padres no están en Ventura ahora y que no sabes cuándo volverán de sus vacaciones en Grecia. Tu embarazo es algo confidencial entre nosotras dos, pero cuando llegue el momento de hacerlo conocer, los MacAllister estarán allí para ayudarte.

A Brenda se le escapó una carcajada histérica.

–¿Qué te pasa? –Le preguntó Kara extrañada.

–No, nada. Es una broma personal. Bueno, nos veremos mañana en la boda. Porque estás completamente segura de que te vas a casar mañana por la tarde, ¿verdad?

Kara se rio.

–Sí. Todo el mundo ha sido muy paciente con nuestros retrasos, uno detrás de otro. Pero el gran día ha llegado de verdad. Andrew y yo nos vamos a casar en el salón de nuestra hermosa nueva casa, como queríamos. Es perfecto.

–Bueno. Supongo que Richard ya estará volviendo de Detroit, así que podrá asistir a la ceremonia.

–Será mejor que lo haga, si quiere vivir lo suficiente como para celebrar su próximo cumpleaños. Bueno, ahora tengo prisa. Te veré mañana, Brenda.

La agencia de viajes que dirigía Brenda estaba situada en uno de los centros comerciales más importantes de Ventura.

Por suerte, Brenda había logrado concentrarse en el tráfico mientras volvía al trabajo después de la consulta con Kara, pero una vez en el centro comercial, la noticia recién recibida la impactó con toda su fuerza. Se sentó en un banco de madera que había junto a una fuente, ya que sus temblorosas piernas se negaron a soportarla más.

Iba a tener un hijo, pensó frenéticamente. Y no cualquiera. No, iba a tener un hijo de su mejor amigo, un hijo concebido con Richard MacAllister.

Miró a la gente que pasaba por allí y se preguntó por qué no la estarían mirando. Seguramente tenía que notarse que estaba embarazada. Ciertamente ella se sentía diferente, nada parecida a la persona que se había levantado de la cama esa misma mañana.

Pues no, al parecer su secreto seguía siéndolo... de momento.

¿Pero cuánto más tardaría en parecer una pelota? ¿Cuánto tiempo podía tardar en contárselo a Richard?

Suspiró. No estaba cansada, sino más bien agotada.. Incluso el duro banco de madera donde estaba sentada la tentaba para que se tumbara y se echara una siesta.

Pero no podía dormir, tenía que pensar. Richard seguramente volvería de Detroit esa misma tarde para asistir a la boda de su hermana Kara. No había sabido nada de él desde el día que se marchó hacía ya un mes. El día después de la noche en que habían hecho el amor.

Se dijo a sí misma que no tenía que pensar en eso. Se había pasado todo ese mes recordando una y otra vez lo que habían hecho esa noche y estaba claro que no lo iba a poder olvidar nunca. Y ahora menos, claro.

Se preguntó qué era lo mejor que podía hacer.

¿Contárselo nada más verlo?

¿Esperar a que ya no pudiera ocultar la barriga?

¿Irse a vivir a Siberia y olvidarse de que alguna vez conoció a alguien llamado Richard MacAllister?

Agitó la cabeza y se puso en pie. Le quedaban dos horas de trabajo, luego se iría a su casa, cenaría y esperaría a que Richard golpeara la pared para anunciarle que había llegado.

¿Y luego, qué? No tenía ni idea. Esperaría a ver qué se le ocurría cuando viera a Richard en carne y hueso.

No, decidió cuando entró en la agencia. Ese era un plan realmente malo. Tenía que ser decidida, actuar como la adulta madura que supuestamente era.

—Hola, Brenda —la saludó uno de los empleados, un hombre de unos treinta y tantos años—. ¿Te ha dicho el médico lo que querías saber?

Brenda se detuvo, se encaró con el hombre y le espetó:

–¿Qué? ¿Quién ha dicho que quería saber algo de un médico, Kevin?

–Tú –respondió el tal Kevin frunciendo el ceño–. Dijiste que tenías hora con el médico porque querías saber qué era lo que te estaba haciendo sentirte cansada todo el tiempo.

–Oh. Sí, dije eso, ¿no? Bueno, ahora sé qué es lo que me está haciendo sentirme cansada todo el tiempo, cierto..

–¿De verdad? Cielos, Bren. ¿Lo dices en serio? ¿Estás a punto de llorar? ¿Debería estar yo a punto de llorar?

Brenda se rio.

–No, Kevin, no tienes que disponerte a llorar, pero te agradezco que intentes animarme. Estoy bien, de verdad. Solo he tenido un problemilla causado por los antibióticos que estaba tomando cuando tuve la infección nasal. Dentro de nada estaré como nueva.

Dentro de unos ocho meses, pensó.

–Bueno, magnífico –dijo Kevin sonriendo–. Me alegro de oírlo.

Luego, el hombre se puso a trabajar y la dejó a ella sola con sus pensamientos confusos.

A la tarde del día siguiente, Brenda estaba sentada en su salón, mirando la pared, esperando que sonaran de una vez los malditos tres golpes.

¿Dónde estaría Richard? La tarde anterior se había quedado dormida en el sofá esperando que diera señales de vida, pero no las dio. Y ahora solo quedaba una hora antes de que tuviera que salir corriendo a la boda de Kara y Andrew. ¿Por qué no estaría ya Richard en casa?

Suspiró y se apretó el estómago con una mano. Un estómago que tenía bastante revuelto.

Lo de tener mareos mañaneros las veinticuatro horas del día era una pesadez, pensó. Los papeles que le había dado Kara decían que se podían pasar si la futura madre comía galletas saladas. Pero si se comía una más, iba a estallar y aun seguía teniendo el estómago revuelto.

Soltó una palabrota y se estiró la falda del minivestido verde que se había comprado para la ocasión.

Su mente agotada había decidido después de mucho pensar que se lo iba a contar a Richard en cuanto lo viera.

Pero si él no se apresuraba en llegar a su casa, podría ser que no se lo pudiera contar ni en la boda.

Entonces sonaron tres fuertes golpes y Brenda dio un respingo. Se puso en pie de un salto y respiró profundamente ante la reacción de su estómago y luego se acercó a la pared y dio dos golpes, que fueron respondidos por otro más.

–Muy bien, ya está –dijo–. Richard está en casa y quiere que yo vaya. Ahora actuaré normalmente y no habrá problemas.

Tomó su bolso y la bolsa de viaje y pronto estaba llamando a la puerta de Richard. Él abrió la puerta y luego se volvió y se dirigió al salón dejándola a ella en la puerta.

—Pasa, Bren —dijo—. Me tengo que atar la corbata delante del espejo.

Y con eso, desapareció en su dormitorio.

Mientras se ponía la corbata pensó que Brenda estaba preciosa. Realmente encantadora...

Pero se ordenó a sí mismo dejar de pensar en eso. Había sido un mes muy largo. Un mes lleno de los recuerdos de esa noche en que habían hecho el amor. Recuerdos que no había podido quitarse de la cabeza por mucho que lo hubiera intentado.

Bueno, ya estaba de vuelta en casa después de haber terminado ese increíblemente fastidioso trabajo en Detroit. Había podido volver a ver a Brenda como siempre. Ella era su mejor amiga. Eso era. Pura y simplemente. Como lo habían sido siempre y siempre lo serían.

Cuando volvió al salón, se encontró con Brenda de pie junto a la puerta.

—Hey, ponte cómoda —dijo—. Todavía tenemos un poco de tiempo antes de salir. Siéntate. Traeré el regalo y ahora mismo vuelvo. ¿Has metido tu traje de baño? Oh, sí, tienes la bolsa de viaje, Vamos a probar la piscina de Kara y Andrew después de que se hayan casado. Va a ser una gran fiesta, ¿no crees?

Luego se volvió y salió del salón.

Brenda respiró profundamente y se sentó en el sofá,

Se dio cuenta de que se había olvidado de respirar. Se había quedado mirando a Richard como si no lo hubiera visto nunca antes en su vida. Y lo había visto no como a su amigo, sino como al padre de su hijo. Todo el concepto era tan extraño, nuevo y desconocido que se le había olvidado respirar de verdad, hasta que había empezado a ver puntos negros bailándole delante de los ojos.

Pero ahora estaba bien. Estaba controlada. Richard era el mismo de siempre. Era cierto que estaba magnífico con ese traje tostado, la camisa de color marrón oscuro y... Pero lo cierto era que él siempre había sido atractivo y... Era un hombre muy guapo y... Y ella estaba balbuceando mentalmente como una idiota.

Richard volvió con el enorme regalo que estaba envuelto en un papel con campanas doradas y demás. Lo dejó sobre una silla.

—Esto pesa —dijo sonriendo—. ¿Cómo estás? He llegado un poco tarde porque hubo un retraso en Denver, pero he logrado hacerlo con tiempo de sobra. Hey, ¿quieres oír algunas de las tonterías que se dicen en Detroit?

Richard se sentó entonces en su sillón favorito.

—Muy bien, allá va —añadió—. ¿Sabías que los tiburones son los únicos peces que pueden parpadear? ¿Qué te parece? Buena, ¿verdad?

Allá va otra. ¿Lista? En el mundo hay más gallinas que gente.

Richard agitó un puño en el aire.

–¡Sí! Son magníficas. Vas a tener que esforzarte para mejorarlas, Bren. Esta vez me he pasado de bueno. ¿Y bien? ¿Qué tienes para mí? Cuéntale alguna tontería a tu colega aquí presente.

–Richard –dijo Brenda y se echó a llorar–. Richard, estoy... estoy embarazada. De ti.

Capítulo Cuatro

Brenda se enjugó una lágrima y miró a Richard, que la estaba mirando a ella a su vez.

El rostro de él era un muestrario de emociones que cambiaban tan rápidamente que hubiera sido gracioso si la cosa no fuera tan seria.

Por fin, después de una evidente expresión de incredulidad... ¿Qué era eso? ¿Estaba sonriendo? No... Pero sí. Estaba sonriendo. Cada vez más ampliamente.

Cielos, debía haberse vuelto loco por la noticia. La verdad era que estaba sonriendo como si lo estuviera.

—¿Vamos... vamos a tener un hijo? —Balbuceó él sin dejar de sonreír—. Es fantástico... Pero yo creía que estabas tomando la píldora. Un hijo...

—Richard, por Dios. Reponte, ¿quieres? Esto no es como para sonreír. Lee mis labios, estoy embarazada. Yo. Tu amiga, tu colega, Brenda. Los antibióticos que estaba tomando para esa infección nasal anularon el efecto de las pastillas.

—Esa sí que es una tontería realmente fascinante –dijo Richard pensativamente–. Los antibióticos pueden anular las propiedades de las píldoras anticonceptivas y...

–¡Richard! –Exclamó ella poniéndose en pie–. Esto no es un juego. Esto es real. Voy a tener un hijo nuestro. Yo.

Se plantó las dos manos en los senos y añadió:

–Tu mejor amiga.

Richard asintió sin dejar de sonreír.

–¿Quieres dejar de sonreír como un idiota? ¿Es que estás bajo los efectos de un shock? Estoy tratando de comunicarme con un zombi –dijo Brenda y se le saltaron de nuevo las lágrimas–. Me voy y me llevo a mi hijo a la boda. Adiós, Richard.

–Bren, espera.

Richard se acercó a ella y la agarró por los hombros.

–He oído cada palabra que me has dicho, te lo juro. Lo que pasa es que al principio estaba pasmado y bastante aterrorizado. Eso lo admito, pero sé que esto es...

–El Bombazo. Así es como lo llamo yo. Con mayúsculas.

–De acuerdo, el Bombazo. Sé que el Bombazo es real.

Richard se sacó un pañuelo del bolsillo y se lo dio.

–No puedo encontrar el otro que me diste –dijo Brenda mientras se sonaba la nariz–. Creo que se lo ha comido la lavadora.

–No te preocupes. Lo que es mío es tuyo. Literalmente. Todo.

Luego le abarcó el rostro con las manos y añadió:

–Escúchame, por favor. Sé que estás preocupada y yo lamento no haber estado aquí contigo cuando supiste lo del... lo del Bombazo. ¿Pero Brenda? Vamos a estar bien, ya verás. Nos casaremos enseguida y...

–¿Casarnos? ¡Casarnos! Esa es la tontería más grande que he oído en mi vida. No estamos enamorados, ¿recuerdas? Solo somos buenos amigos, ¿recuerdas? No nos vamos a casar, Richard.

–Eso díselo al Bombazo –dijo él señalándole el vientre–. Tiene una madre y un padre que lo quieren los dos y... Bueno, porque tú lo quieres, ¿no?

–Por supuesto. ¿Cómo me puedes preguntar semejante cosa?

–Muy bien, entonces de acuerdo. Los dos queremos ese hijo, así que nos casamos y...

–¡No! ¡No! ¡No! Richard, por favor, tranquilo y piensa. Nada más conocernos supimos que éramos polos opuestos. Somos completamente incompatibles, ¿no lo ves? Como los mejores amigos, perfecto, pero como marido y mujer... Solo con pensarlo me dan escalofríos. No funcionaría, Richard. Terminaríamos odiándonos. Además, yo no pretendo casarme con nadie a no ser que esté profundamente enamorada y ese amor sea correspondido.

–Oh –dijo Richard frunciendo el ceño.

Se puso una mano en el cuello y miró al suelo como si estuviera digiriendo lo que le acababa de decir Brenda. Luego, dejó caer la mano y la volvió a mirar.

–Bueno, Bren. Yo quiero ser parte de la vida de mi hijo, ser lo mejor que pueda como padre. Ser un padre de fines de semana como la mayor parte de mis amigos divorciados, no está hecho para mí.

–No sería así. Quiero decir que somos vecinos. Podrás verlo siempre que quieras.

–¿Ah, sí? ¿Y cómo le vamos a explicar eso al niño?

Brenda suspiró pesadamente.

–Solo estoy embarazada de cuatro semanas. Tenemos mucho tiempo por delante antes de que ese niño requiera una explicación de nuestro estilo de vida. Aún me estoy haciendo a la idea de que voy a tener un hijo como para preocuparme de lo que pueda pensar él más adelante. Cada cosa a su tiempo, ¿vale? Y lo primero ahora es ir a la boda de tu hermana. Tenemos que salir ya o llegaremos tarde.

–Tal vez podríamos conseguir que el cura nos hiciera hoy un descuento por grupo –dijo él sonriendo–. Un saldo de dos por el precio de uno. Nos podría casar después que a ellos.

–Richard, no nos vamos a casar, así que quítate eso de la cabeza porque no va a suceder. Ni ahora ni nunca.

–Mmmm –dijo él metiéndose las manos en los bolsillos de los pantalones.

–Ah, y otra cosa. Por favor, no le digas a nadie nada sobre el niño. Necesito un poco de tiempo para hacerme a la idea antes de que lo sepa toda tu familia. Kara lo sabe porque ha sido ella la que me ha dicho que estoy embarazada, pero no lo divulgará.

–Seguro que se lo cuenta a Andrew. No debe haber secretos entre marido y mujer.

–No se lo puede contar, es un secreto profesional. Lo importante hoy es que actúes con normalidad, que te comportes como haces siempre conmigo. Tu familia se daría cuenta de cualquier clase de estrés enseguida.

–Yo no estoy estresado. Voy a ser papá.

–Bueno, pues yo sí que lo estoy, ¿de acuerdo? Además, me mareo constantemente. Son mareos matinales que me dan a lo largo de todo el día.

Richard se acercó y la abrazó. Ella se tensó, pero luego decidió ceder al calor y consuelo de esos brazos... Solo por un momento.

–Lamento que no te encuentres bien. ¿No puede hacer algo al respecto Brenda?

–Se supone que tengo que comer galletas saladas.

–Nos pararemos por el camino para comprarlas. Un buen montón. Un par de docenas de paquetes.

–Ya tengo muchas, gracias, y no me sirven para nada. Con suerte, esto no me durará mucho. Y ahora hemos de marcharnos, Richard. No estaría bien que llegáramos tarde.

–Ya nos vamos. Pero siguieron como estaban, muy quietos, rodeándose con los brazos, cada uno perdido en sus propios pensamientos, acostumbrándose a la idea de que iban a ser padres. Mientras lo hacían, empezaron a sonreír levemente.

Luego, los recuerdos de la noche en que habían hecho el amor se hicieron patentes y el deseo empezó a crecer en su interior, ganando fuerza y calor a cada latido de sus corazones.

–Mmmm –murmuró Brenda soñadoramente.

–Vaya...

Richard se apartó de ella de mala gana y la besó en la frente antes de añadir:

–Será mejor que lo dejemos.

Brenda parpadeó y asintió.

–Hay algo que he de decirte, Bren. No me parece adecuado y no basta para expresar lo que siento, pero gracias. Me estás dando el mejor regalo que haya tenido en mi vida. Mi hijo. No habíamos planeado que esto sucediera, pero gracias, Brenda.

Brenda asintió, incapaz de decir nada por el nudo que se le había formado en la garganta.

–Hola, tía Brenda –dijo una voz infantil–. ¿No vas a venir a bañarte con nosotras?

Brenda abrió los ojos, se sentó en la tumbona y sonrió a las tres niñas idénticas que

51

tenía delante con sus bañadores multicolores.

–Hola, Jessica, Emily y Alice MacAllister. Estáis preciosas con esos bañadores.

–¿Dónde tienes el tuyo, tía Brenda?

–Bajo este albornoz. Lo que pasa es que hoy estoy demasiado vaga como para meterme en la piscina , así que he decidido tumbarme al sol y relajarme. ¿Cómo os sentís teniendo ya seis años?

–No está mal –dijo una de las niñas–. Es mejor que tener cinco porque podemos acostarnos quince minutos más tarde por las noches.

–Tía Brenda, ¿por qué has llorado tanto en la boda de tía Kara y tío Andrew? ¿Te ha puesto tan triste la boda?

–Oh, no. No estaba triste. Es que era algo tan especial que se me saltaron las lágrimas.

No les iba a contar que lo que le había dicho Kara era que sus hormonas estaban alteradas y se le saltarían las lágrimas por todo.

–Pues lloraste mucho.

–Sí, bueno. ¿No queréis ir a bañaros a esa maravillosa piscina nueva? Tal vez yo vaya más tarde, ¿de acuerdo?

–¡Vale! –Exclamaron las tres niñas a la vez y salieron corriendo.

Brenda se quedó sentada, cerró los ojos y suspiró.

Nos casaremos enseguida.

Las palabras de Richard resonaron en su cerebro de nuevo y Brenda rogó que desaparecieran y la dejaran en paz.

Casarse con Richard estaba fuera de toda consideración. Cuando él se calmara y lo pensara, se daría cuenta de que había tenido suerte de que ella no aceptara inmediatamente su oferta.

Lo cierto era que tenía que admitir que Richard se lo había tomado maravillosamente. No había estallado de ira, no lo había negado, ni había actuado como un hombre acorralado que se viera obligado a aceptar el papel de padre sin querer.

No, Richard no. Lo había aceptado todo y hasta estaba dispuesto a ponerle un anillo en el dedo. Eso era muy dulce, pero no iba a suceder. No. De eso nada. No tenía ninguna intención de casarse con un hombre al que no amaba y que no la amaba a ella.

Bueno, amaba a Richard, no se podía imaginar la vida sin él, pero era su mejor amigo, no un amor romántico. Pero lo cierto era que esa noche maravillosa que habían compartido, había sido romántica a más no poder, pero eso solo... Había sucedido.

No era de eso de lo que están hechos los matrimonios. Con niño o sin él, ella no iba a atarse para siempre a un hombre que no era más para ella que su mejor amigo.

Brenda se tensó.

Ya iba a volver a ponerse a llorar. ¿Por qué ahora? No lo sabía, no tenía ni idea, pero a ese paso se iba a pasar ocho meses llorando y mareándose.

—Hey, Bombazo, ¿no vienes a la piscina?

Brenda abrió los ojos de golpe cuando Richard se sentó a su lado.

–Richard, calla. No me llames eso. Cualquiera te podría oír.

–Y no lo asociarán a nada –respondió él sonriendo–. Se imaginarán que es un nuevo mote que te he puesto. Creo que está muy bien. ¿Por qué llevas ese albornoz?

–No lo sé. Me siento rara, como si mi cuerpo no fuera mío o algo así. Tengo la desagradable sensación de que todo el mundo puede darse cuenta de... Bueno, ya sabes a lo que me refiero. Richard, me gustaría volver a casa tan pronto como sea posible sin molestar a nadie. De verdad que necesito estar sola.

–Bueno, claro, Bren, podemos marcharnos en cuanto quieras –dijo él tomándole una mano–. Tú solo dilo y nos iremos.

–No, eso no es justo para ti. Diré que me duele la cabeza y llamaré a un taxi. Tú quédate aquí. La fiesta durará horas todavía y no hay razón para que tú te pierdas la diversión.

–De eso nada. Yo te he traído y yo te llevaré a casa sana y salva. Además, ¿cómo podría divertirme sabiendo que tú estás sola en tu casa? Pudiera ser que incluso estuvieras llorando. Ya has llorado bastante hoy. No. Si te quieres ir a casa, yo te llevaré.

–Eso no tiene sentido. Quiero un rato de intimidad. Eso significa que tú tendrás que estar en tu casa mirando las paredes cuando podrías estar divirtiéndote con tu familia.

–No, estaré contigo en tu casa. No te hablaré ni nada, solo leeré alguna revista o veré la televisión. Tú podrás tener toda la intimidad que quieras y solo tendrás que hacer como si no estuviera allí. Hoy no eres tú misma, Bren, lo que es comprensible. Yo no podría divertirme sabiendo que tú estarías tumbada en tu sofá, probablemente con tu bata verde porque estás preocupada o lo que sea.

–Ohhh. Tú no entiendes lo que quiere decir un rato de intimidad, ¿verdad?

–Un rato de intimidad definido por una mujer es algo muy complicado –dijo una voz masculina.

–Y supongo que tú eres un experto en la materia, primo Michael, ¿no? –dijo Richard frunciendo el ceño.

–Por supuesto que lo soy, primo Richard –dijo Michael mientras se sentaba en una silla delante de Brenda–. Soy un hombre de vasta sabiduría en lo que se refiere al extraño funcionamiento del cerebro de las mujeres.

–Eso debería ser esclarecedor –dijo Brenda–. Adelante, Michael.

–Eso pretendo. Muy bien, Richard, atiende. Cuando una mujer dice que quiere un rato de intimidad, tú desaparece, déjala en paz.

–Amén –respondió Brenda.

–De todas formas –continuó Michael levantando un dedo–, no te vayas demasiado lejos, ya que se espera que estés allí si la susodicha mujer tiene un súbito pensamiento que quiere discutir contigo y que se le ha ocurrido durante ese rato de intimidad. En otras palabras, mantente escondido entre las sombras. No te puedes ir a jugar al billar al bar de abajo, mi querido amigo, porque eso te causaría gran cantidad de problemas.

Luego asintió y añadió:

—He dicho.

Brenda se rio.

—Cielo santo, Michael, haces que las mujeres parezcamos muy complicadas.

—¿Pero tengo razón o no, Bren? He dado en el clavo, sé que lo he hecho.

—Bueno, supongo que sí. Pero estás hablando acerca de Jenny y tú. Estáis casados y... Richard no tiene por qué estar al tanto de los requerimientos de mi intrincada vida privada. Somos buenos amigos, no marido y mujer.

—Pero te estás olvidando de algo muy importante, Brenda —dijo Michael al tiempo que se ponía en pie—. Sí, Jenny y yo estamos casados y llevamos así ya unos cuantos años. Pero no creo que te des cuenta de que Jenny es también mi mejor amiga y viceversa. Piénsatelo. Es muy importante. Os veré más tarde.

Brenda frunció el ceño mientras Michael se alejaba y luego miró a Richard.

—¿Tiene algo de sentido eso último que ha dicho? —le preguntó.

—La verdad es que no. Olvídalo. A Michael le encanta oír el sonido de su propia voz, así que suele hablar por hablar. Mira, haré lo que quieras acerca de ese rato de intimidad que quieres. Tú dirás.

Brenda sonrió entonces.

–Me quedaré en la fiesta.

–¿Estás segura de que lo quieres hacer?

–Sí, lo estoy. Incluso te animaré cuando luego juguéis al fútbol. Gracias, Richard, por querer venirte a casa conmigo. Eso ha sido un detalle por tu parte y te lo agradezco.

–Hey, ¿para qué están los amigos?

Luego Richard frunció el ceño y añadió:

–Para lo que no se supone que están es para meter el Bombazo en tu vida, Bren, ¿he organizado un buen lío en tu vida? ¿Debería disculparme, pedirte que me perdones por lo que ha sucedido?

–No, Richard. Los dos estamos en esto, somos socios en... Bueno, ya hemos dicho bastante –dijo ella y se puso en pie–. Ya estoy harta de esta tontería de estar sentada aquí tapada como una momia. Vamos a darnos un baño.

Esa noche, Richard no paraba de dar vueltas en la cama. Pensaba que estaba así precisamente por el cansancio y la falta de sueño, pero lo cierto era que no se podía quitar de la cabeza que iba a ser padre. Padre del hijo de Brenda.

El Bombazo le estaba dando de lleno ahora, haciendo que se preguntara un montón de cosas.

¿Sería un buen padre para ese niño? ¿Cómo

se suponía que tenía que saber uno cómo se es padre? Brenda podría ser una madre fantástica, lo sabía, ¿pero qué clase de padre sería él?

Brenda. Ella era una parte muy importante de su vida y lo había sido desde hacía más de un año.

Lo cierto era que estaba sintiendo un poco de lástima por sí mismo, se sentía un poco frustrado por no poder tenerlo todo, ya que ella se había negado a casarse con él. Le fastidiaba no poder ser como el resto de su familia. Estaba rodeado de parejas felizmente casadas y con hijos, gente feliz.

Incluso su hermano Jack, que había sido un solterón empedernido, se había presentado en la reunión familiar de hacía un año con su esposa, un hijo y otro en camino. Había sido toda una sorpresa.

¿Estaría él celoso de su hermano mayor? ¿Se había puesto verde de envidia al ver a las demás parejas del clan MacAllister? Sí, suponía que así era, lo que no era muy halagüeño para sí mismo, pero era innegablemente cierto.

–Bueno, supéralo, MacAllister –se dijo a sí mismo–. Date por satisfecho con lo que tienes y duérmete de una vez.

Se dio la vuelta en la cama. Y luego se puso de nuevo como había estado.

Brenda le importaba mucho, muchísimo. Incluso la amaba. Pero ese amor estaba basado en una profunda amistad, no en el amor romántico del resto de sus hermanos.

Puso la mano allá donde había estado Brenda esa famosa noche. Esa sí que había sido una noche romántica, sin duda. Habían hecho el amor de una forma increíble. Había sido muy bonito, algo realmente especial, lo que le resultaba un tanto extraño cada vez que pensaba en ello.

Ah, tenía que olvidarlo. Esa había sido una noche que no se iba a volver a repetir y que era mejor olvidar. Bueno, la verdad era que no lo iban a poder hacer por completo por el Bombazo.

Y ya estaba de nuevo, había completado el círculo, estaba a punto de pasar por lo mismo de nuevo, preguntándose si podría ser un buen padre.

Bostezó y cerró los ojos.

Bueno, pensó ya adormilado, no iba a tener el cuadro rosa de una esposa, un corazón y un hogar. Pero seguiría cerca de Brenda; de ella y de su hijo, en los buenos tiempos y en los malos.

Sí, tenía que conformarse con lo que tenía.

Iba a tener un hijo y lo iba a ayudar a crecer lo mejor que supiera.

Y ya tenía la mejor de las amigas, que era algo que mucha gente no tenía en toda su vida.

¿Qué era eso que había dicho Michael acerca de los maridos, las esposas y los mejores amigos?

O eran las mejores esposas y los amigos... O, vaya, no lo podía recordar y, de todas formas, en ese momento no le había parecido que tuviera ningún sentido, pensó antes de quedarse dormido por fin.

Capítulo Cinco

Brenda se colocó delante del carrito de la compra y extendió la mano.

–Alto, Richard –dijo riendo–. No te atrevas a meter una cosa más en ese carro. Comer para dos no significa que tengas que comprar dos cosas de cada.

–No te pongas difícil –respondió él sonriendo–. Esto es algo muy serio. Tu frigorífico está vacío, y yo no me voy a meter en ese avión esta noche a no ser que sepa que el Bombazo y tú vais a comer adecuadamente mientras yo estoy trabajando como un esclavo en Tulsa.

–El Bombazo, yo y qué batallón? No necesito todo eso. Probablemente no tenga sitio suficiente en mi frigorífico para guardarlo.

–No hay problema. Tienes llave de mi casa, así que lo meteremos en el mío si es necesario. Apenas te he visto esta semana desde que te traje de la fiesta de la boda de Kara y Andrew, Bren. Ya sé que esta es temporada alta para la agencia de viajes y que has estado trabajando mucho, pero me da la impresión de que no has comido bien, ¿no es así?

–La verdad es que no he tenido mucha hambre. Y esos mareos que tengo todo el día no hacen mucho por el apetito de una, ¿sabes?

–Bueno, de acuerdo con los papeles que te dio Kara, esos mareos se te tienen que pasar pronto.

–Te pedí que me ayudaras a buscarlos, no que te los leyeras.

–Bueno, lo hice. Quiero saber qué es lo que pasa en cada momento. El Bombazo y tú no estáis solos, Bren. Quiero que lo recuerdes.

–Ohhh, eso es tan dulce.

Se le saltaron las lágrimas y agitó una mano en el aire.

–Alto, alto. Esto de llorar por cualquier cosa es ridículo.

–Pues a mí me gusta –dijo Richard y le dio un beso en la frente–. Vamos a ver si lo tenemos todo. Luego lo sacaré cuando estemos en tu casa mientras tú descansas. No te vas a pasar tu día libre de pie. Necesitas relajarte.

–Deja de ser tan bueno conmigo. Voy a ponerme a llorar de nuevo.

–Adelante. Es algo natural teniendo en cuenta tu estado hormonal durante el embarazo. Seguramente sería malo para el niño si trataras de suprimir tus emociones.

–Eres tonto, Richard. ¿Sabes cuánto tiempo vas a estar en Tulsa?

–No. Nunca se puede decir con estas cosas, pero te llamaré todas las noches.

–¿Para qué?

–Para ver cómo estáis. Y también te preguntaré qué comes. Ah, y no te olvides de la nota que te puse en el frigorífico para que tomes leche. Es muy importante.

–Sí, señor.

Richard se rió y empujó el carrito hasta la cola de la caja.

Brenda miró el carro y pensó que vaya cantidad de comida. Nunca antes había tenido tanta donde elegir desde que se había ido a vivir sola. Iba a tener que contenerse o se iba a poner como una foca, que era lo que iba a parecer muy pronto de todas maneras.

Observó luego a Richard, que estaba mirando unas revistas expuestas en la caja.

Estaba siendo maravilloso, pensó. Se sentía muy mimada y especial, lo que era diferente de lo habitual. Se podía llegar a acostumbrar a eso.

No, en eso se estaba dejando llevar. Richard estaba así por el Bombazo, no por ella. Se estaba centrando en el niño, en su hijo, no en la madre.

Él solía meterse con su cocina desorganizada, pero nunca antes había ido a la compra con ella para solucionar ese desorden. Se estaba asegurando de que el niño estaría adecuadamente alimentado mientras él no estaba.

Suspiró.

Se estaba volviendo a sentir rara, como triste y... y solitaria. No quería que Richard se fuera a Tulsa por un tiempo desconocido. Cierto que no lo había visto mucho esa semana, pero sabía que estaba allí, al otro lado de la pared.

Aquello era una tontería. Richard viajaba constantemente, siempre lo había hecho y siempre lo haría. Ella estaba muy acostumbrada a despedirse de él y luego seguir con sus cosas hasta que oía los consabidos golpes en la pared.

¿Entonces por qué se estaba sintiendo así porque él se fuera a marchar esa noche? Seguramente era cosa de sus hormonas también, algo que le estaba resultando muy molesto.

–¿Un perro de dos cabezas? –dijo él sacándola de sus pensamientos–. ¿Cómo puede la gente gastarse el dinero en estas revistas? Lo que me recuerda algo, ahora que estamos hablando de lecturas. He leído un artículo acerca de leer cosas a los niños que van a nacer. No tendrás nada de literatura clásica, ¿verdad?

–No. Y olvídalo. No voy a volver a casa después de un agotador día de trabajo para ponerme a leer *Guerra y Paz* en voz alta. Por Dios, dame un respiro.

–Sí de acuerdo. Nos conformaremos con oír música clásica. Te llevaré mis discos antes de marcharme.

–De eso nada –dijo ella poniendo los brazos en jarras–. Odio esa música. Los valses, por ejemplo, son tan largos que la gente se puede morir de agotamiento antes de terminar la pieza, o las marchas militares, que no las pueden soportar ni siquiera los soldados profesionales. Yo soy aficionada a la música country, Richard, y ya lo sabes.

Richard se acercó mucho a ella para que lo entendiera bien.

—Mi hijo no va a empezar su vida creyendo que la felicidad consiste en una furgoneta, una botella de cerveza y una mujer complaciente, Bren.

Brenda se rio.

—Esta es la conversación más idiota que he tenido en mi vida. No existe ninguna prueba de que oír determinada clase de música o de leerle determinado tipo de cosas a un niño no nacido puede afectarle de alguna manera.

—Oh, no lo sé —dijo la mujer de detrás de la cola—. Cuando yo estaba embarazada de mi primer hijo, mi marido le leía la sección de política del periódico a mi barriga todas las noches. Y el niño se molestó tanto que tuvo cólicos durante los cuatro primeros meses de vida.

Brenda y Richard la miraron con los ojos muy abiertos.

—Estoy de broma —dijo la mujer—. Lo juro, me lo acabo de inventar. Hacen ustedes tan buena pareja... Ya saben, parece que van a ser padres por primera vez y no lo he podido resistir. Hey, relájense un poco y disfruten. Yo tengo ya cuatro hijos y sé que sobreviven a pesar de los errores que cometemos, y créanme, seguro que su hijo será precioso.

—Oh —dijo Brenda.

—¿La siguiente? —dijo entonces la cajera.

Richard empujó el carro y empezó a sacar las cosas.

¿Errores? ¿Habían cometido errores sus padres al criarla? Pensó Brenda. Si era así, no se le ocurría ninguno en ese momento. Bueno, estaba eso de cuando ella tenía cuatro o cinco años y había querido una tarta de cumpleaños con forma de hipopótamo y le dieron una con forma de dinosaurio, pero eso no la había marcado para toda la vida.

¿Errores? Era curioso, pero ahora se estaba empezando a dar cuenta de que eso de ser madre era tremendamente complicado. ¿Y si cometía un error horrible?

—Richard —susurró.

—¿Sí? —dijo él mientras seguía vaciando el carro.

—No sabemos nada de niños. ¿Y si cometemos algún gran error? ¿No crees que es un poco terrorífico?

—¿Por qué estás susurrando? —susurró él a su vez.

—Porque no quiero que todo el mundo en esta tienda sepa que soy una madre potencialmente inútil.

—No te estreses, Bren. No es bueno para el niño. Lo haremos bien. Leeremos libros, iremos a clases y nos dejaremos llevar por la profunda sabiduría al respecto del clan MacAllister.

—¿Ah sí? ¿Y cuándo vamos a hacer todo eso? Tú no estás nunca en casa, ¿recuerdas? Te pasas el tiempo viajando.

–¿Las bolsas de papel o de plástico? –dijo la cajera.

–De papel –dijo Brenda.

–De plástico –dijo también Richard a la vez.

–Chicos, ¿es esta una elección primordial en vuestras vidas? –dijo la cajera.

–La mitad de las cosas irán en bolsas de papel y la otra en bolsas de plástico –afirmó Richard.

–Vale.

–Deja de pensar –le dijo él a Brenda–. Estás diciendo todas esas tonterías porque estás cansada.

–No lo estoy. Bueno, vale, me rindo. Necesito una siesta.

Durante las semanas siguientes, Brenda estuvo muy ocupada en la agencia. Al final de cada día llegó agotada a su casa, pero a pesar de su fatiga, esperaba ansiosamente la llamada de Richard y la larga conversación que tenían.

Richard llevaba ya fuera dos meses cuando Brenda estaba esperando en la consulta de Kara. Mientras esperaba, trató de apagar mentalmente los valses de Strauss *An der Shönen Blauen Donau* y *Wiener Blunt* que sonaban constantemente en su cerebro. Hacía ya unas semanas que había decidido que, ya que él se estaba tomando tantas molestias, lo menos que podía hacer era hacerle caso y ponerle música clásica al niño, así que le había quitado algunos discos y los alternaba con sus canciones favoritas de música country.

Una noche, cuando él la llamó, se puso muy contento al oír que ella estaba escuchando su música favorita. Y él por su parte le dijo que estaba oyendo bastante de la de ella y que no todo el country consistía en furgonetas, cerveza y mujeres complacientes, que había algunas canciones muy bonitas acerca del amor verdadero y eterno.

También se habían contado algunas tonterías muy graciosas y en eso casi estaban empatados.

Era ese un juego muy especial entre ellos.

Lo cierto era que a Brenda se le aceleraba el corazón cada vez que él llamaba por teléfono y, cuando se reían y bromeaban, la recorría un curioso escalofrío.

Cada noche, cuando colgaba, se tenía que obligar a retirar la mano del teléfono, a cortar ese vínculo con Richard.

Lo echaba mucho de menos. Era una emoción nueva, ya que, en el pasado, cuando él se había ido por un tiempo, no había pensado nada en él. ¿Y ahora? Quería que Richard estuviera allí, con ella, no a cientos de kilómetros.

¿Qué le estaba pasando? ¿Qué significaba todo eso? Si se estuviera enamorando lenta pero seguramente de Richard MacAllister nunca se lo perdonaría. Y nunca sería capaz de recomponer un corazón roto por amar a un hombre que no la amaba a ella.

No, no, no se estaba enamorando de Richard.

¿O sí que lo estaba?

Se abrió la puerta del despacho y Kara entró en él agitando la cabeza. Luego, se dejó caer en un sillón al lado de ella y suspiró.

–Un día de estos... –dijo y luego sonrió a Brenda–. Lamento haberte hecho esperar tanto.

–No hay problema. Una de las ventajas de ser la directora de la agencia de viajes es que puedo salir cuando quiero.

–Eso está bien.

–Por supuesto, también soy la que tiene que solucionar todos los problemas que aparecen. La gente parece pensar que, si me atosigan lo suficiente, les encontraré milagrosamente una habitación en un hotel que ya está lleno. Oh, bueno, la verdad es que me gusta mi trabajo, que es mucho más de lo que mucha gente puede decir.

–Eso es muy cierto –dijo Kara–. A mí también me gusta el mío, pero ciertamente, también me gusta ser esposa y madre a la vez.

–¿Cómo está Andy?

–Creciendo mucho. Lo lleva muy bien y, por lo menos ahora ya no queda señal de las drogas que tomaba su madre biológica. Si aparece algo en el futuro, Andrew y yo nos ocuparemos de ello. Bren, es maravilloso tener un compañero cuando se está criando a un hijo. ¿Le has contado ya al padre del tuyo que va a serlo?

–Sí, lo he hecho. Me dijo inmediatamente que debíamos casarnos, pero yo se lo quité de la cabeza.

–¿Por qué?

–Somos demasiado diferentes. Él es un fanático del orden y yo soy un desastre en casa. Nuestros gustos musicales son completamente distintos y... Bueno, la verdad es que yo ya no odio los valses de Strauss ahora que he oído unos pocos, pero... Él cree que hay que llevar una casa como yo llevo la agencia de viajes, de una forma organizada, eficiente, pero yo no lo puedo soportar. Y además, él apenas está en casa. Está encantado con el niño y quiere ser el mejor padre posible, pero se pasa viajando la mayor parte del tiempo y, si se casara, eso no cambiaría y podría destruir nuestra amistad, que es muy importante para mí. Está siendo muy atento desde lejos, ya que ahora está en Tulsa, me llama cada noche para ver cómo nos va al Bombazo y a mí. Llamamos Bombazo al niño porque cuando supe que estaba embarazada fue todo un bombazo, con mayúsculas. Ahora ya hemos dejado de hablar del matrimonio y...

–Oh, cielos –la interrumpió Kara–, es Richard. El padre de tu hijo es mi hermano Richard.

Brenda abrió mucho los ojos.

–Yo no he dicho eso, Kara. ¿De dónde te has sacado semejante idea?

–Los valses de Strauss. Un fanático del or-

den, está en Tulsa, se pasa todo el tiempo viajando y es tu amigo.

–Oh –exclamó Brenda y se agitó incómoda
en su sillón–. Supongo que me he pasado des-
cribiéndolo, ¿no? Sí, bueno, Kara, supongo
que se me ha escapado.

–Esa es una información fascinante. ¿Estoy
en lo cierto al suponer que es el padre de tu
hijo?

Brenda suspiró.

–Sí, lo es. La cosa... sucedió. Fue una noche
en que los dos estábamos muy deprimidos porque no parecíamos ser capaces de encontrar
un alma gemela. Luego, decidimos que aquello no debía repetirse, que lo olvidaríamos y se-
guiríamos siendo los mejores amigos.

–Pero te quedaste embarazada esa noche.

Brenda asintió y trató de no llorar.

–¿Y Richard se mostró contento con el niño?
¿Te pidió que te casaras con él?

–Sí, pero yo lo rechacé por todas las razones
que te he dicho. Richard y yo nunca estaríamos bien bajo el mismo techo. Necesito que él
sea mi mejor amigo, Kara, ¿no lo ves? Necesito
saber que está conmigo, pase lo que pase, como
lo ha estado durante el último año y medio.

–Pero...

–No trates de hacerme cambiar de opinión,
porque estarías desperdiciando saliva. Richard
y yo seríamos un completo desastre como matrimonio y además, yo no lo amo... de esa manera. Yo lo quiero, pero como mi amigo, mi

colega... Yo no me casaré con nadie que no sea mi alma gemela, pretendo amar a mi marido con todo mi corazón y saber que él me ama a mí de igual manera. Casarme con Richard solo por el niño sería un terrible error y por eso no va a suceder.

–De acuerdo –dijo Kara.

Brenda la miró extrañada.

–¿Solo eso? ¿No me vas a soltar un discurso de media hora acerca de por qué he de casarme con tu hermano?

–No. Está claro que estás decidida y se acabó. Y ahora vamos a echarle un vistazo a tus análisis.

Tomó los papeles que tenía sobre la mesa y se puso a leerlos.

–Dices que ya se te han pasado los mareos matinales y eso es bueno.

–Me estoy comiendo todo lo que se me pone por delante, incluso cosas que antes no me gustaban, ahora me parecen deliciosas. ¿Es que ni siquiera me vas a decir que debo casarme con Richard para que el niño lleve su apellido y sea legalmente un MacAllister?

–No, eso no es asunto mío. Tu tensión arterial está bien, también estás bien de peso. Vas a ser una futura madre perfecta.

–Estoy gorda. No me puedo abrochar los pantalones ni las faldas. ¿Se supone que he de ponerme así tan pronto? ¿Y no me vas a decir que debería aceptar lo que pueda conseguir y que casarme con mi mejor amigo es mejor que nada y que debería olvidarme de la parte de cuento de hadas romántico?

–No, pero sí te diré que considero a Andrew como mi mejor amigo al mismo tiempo que como mi alma gemela.

–Oh, por Dios –dijo Brenda levantando las manos–. Te pareces a Michael. Él dijo algo así sobre Jenny y ni Richard ni yo entendimos lo que había querido decir. Un buen amigo es una cosa completamente diferente a un amante romántico, a un alma gemela, Kara. Es como si fueran... Manzanas y naranjas.

–¿Lo es?

–Sí, definitivamente. La cosa es que no creo que ni tú ni Michael hayáis tenido nunca un gran amigo... Como lo somos Richard y yo.

–Ah.

–Si lo hubierais tenido, entenderíais lo que quiero decir cuando afirmo que no se puede comparar esa clase de relación con un amor para siempre. Ya está. Eso lo explica todo. Michael y tú decís eso por falta de experiencia.

–Ah.

–Sí, definitivamente. Richard y yo somos los mejores amigos del mundo, para que sepas lo que digo. Fin de la historia.

–Ah.

–¿Quieres dejar de decir ah? –le preguntó Brenda frunciendo el ceño–. Parece como si esperaras a que alguien te fuera a meter una cucharilla en la boca para verte las amígdalas.

Kara se rio.

–Solo te estoy haciendo saber que estoy escuchando todo lo que me dices. Date cuenta de que no he concluido diciendo que estoy de acuerdo contigo.

–Lo que sea, Kara. ¿Crees que el clan de los MacAllister va a aceptar al niño y el hecho de que Richard y yo no nos vamos a casar? Sois una gente muy tradicional y dada a la familia y... Bueno, me sentiría fatal si eso le fuera a causar un problema a Richard. O a mí, ya que os quiero mucho a todos.

–Confía un poco en nosotros, Brenda. Los MacAllister amamos incondicionalmente. Nadie os va a juzgar a Richard o a ti, y el niño será recibido con los brazos abiertos.

–Gracias –dijo Brenda y suspiró–. Supongo que, cuando Richard me llame esta noche, tendré que contarle que tú ya lo sabes.

–¿Te llama todas las noches desde Tulsa?

–Mmm. Está trabajando siete días a la semana para poder volver tan rápidamente como pueda para ver cómo nos va al niño y a mí.

–Lo que solamente haría un gran amigo, cosa de lo que yo no tengo ni idea– dijo Kara y se echó a reír.

–¿Por qué no cambiamos de tema y me cuentas por qué estoy engordando tan aprisa?

–Cada mujer es distinta, Brenda. Algunas tardan mucho en engordar y apenas se les nota el embarazo, y otras engordan enseguida. Tú no tienes una estructura ósea robusta. Eres delgada, delicada y, evidentemente, vas a engordar antes que la mayoría.

–Perfecto. ¿Te das cuenta? Eso significa que Richard y yo nos vamos a enfrentar antes de lo que pensábamos con la pregunta de si no nos vamos a casar. Ugh. Bueno, por lo menos, mis padres no han dicho nada de volver pronto de Grecia. Eso nos deja solo a los MacAllister. A los millones de MacAllister que sois.

–No te preocupes por la familia –dijo Kara al tiempo que se levantaba–. Cuando Richard y tú lo anunciéis te sorprenderá como se lo van a tomar, te lo garantizo. Mientras tanto, vuestro secreto está a salvo conmigo.

–Me alegro de saberlo.

Capítulo Seis

Esa noche, Brenda estaba sentada preocupada con el teléfono pegado a la oreja mientras Richard maldecía.

–El tipo era un artista del timo –estaba diciendo–. Se limitó a instalar el sistema de ordenadores, tomó su dinero y se esfumó. La policía lo está buscando, ya que esta no es la única compañía en la que ha hecho algo parecido. Vaya un lío. Y lo peor es que estoy terminando de arreglar este desastre, pero el tipo les vendió dos sistemas, uno aquí en Tulsa y el otro en su oficina de Dallas, así que he de irme a Texas mañana y empezar todo de nuevo.

–¿No vas a venir a casa? –Le preguntó ella preocupada.

–No –respondió Richard suspirando–. He intentado ver la forma de hacer un viaje rápido a Ventura, pero no puedo. La rama de Dallas de esta empresa está literalmente colapsada sin su sistema de ordenadores y tengo que ir inmediatamente.

–Oh. Bueno, por supuesto... Eso tiene sentido, supongo. No, olvida eso. Tiene sentido. Es solo que yo...

La voz le falló a Brenda y frunció el ceño.

Echaba de menos a Richard y lo quería allí. Lo raro era que se trataba de otra forma de echarlo de menos, no era como en el pasado. Un sentimiento al que se estaba empezando a acostumbrar.

No podía poner el dedo en cuál era la diferencia, pero la había. La entristecía no saber cuánto tiempo más estaría él fuera de casa.

—Es solo que tú, ¿qué?

—Oh, nada. Lamento que estés teniendo esos problemas, Richard.

—Yo también. Lo único que me alegra es que ahora ya sé lo que le pasa al sistema y no debería tardar tanto en Dallas como he tardado aquí.

—¿Cuánto tiempo?

—No lo puedo decir con seguridad. Tal vez un mes en vez de los dos que me he pasado aquí.

—¿Otro mes entero? —Exclamó ella casi gritando—. No me hagas caso, Richard, estoy pareciéndome a una esposa gritona.

Richard se rio.

—Si te casaras conmigo, tendrías derecho a hacerlo, Bren.

—No, gracias. ¿Necesitas contarme algo más de cómo está la situación por allí? No es que te esté apresurando, solo me preguntaba si estabas terminando ya.

—Vale, ya corto. Contarte todo esto no va a cambiar nada.

–Pero yo te escucho muy a gusto.

–Ya lo sé, Bren, y te lo agradezco. ¿Cómo estás tú? ¿Y el Bombazo? Hey, espera un momento. Hoy has tenido una cita con Kara. Ponme al corriente. ¿Qué te ha dicho?

–Que estamos bien. Pero yo estoy gorda como una vaca.

Richard se rió.

–Mira que lo dudo. Solo llevas tres meses de embarazo.

–Tú ríete, pero no me puedo abrochar los pantalones ni las faldas. Por lo que me ha dicho Kara, voy a ser de las que engordan mucho y pronto. Todo el mundo lo va a saber mucho antes de lo que pensábamos.

–Bueno...

–Richard. Tengo que decirte que lo siento mucho, pero estábamos hablando y le di algunas pistas sin querer sobre el padre del niño, así que Kara adivinó que eres tú.

Richard tomó aire y no se oyó nada más.

–Oh, vaya –añadió Brenda–. Estás furioso, ¿no? Kara me prometió que no se lo contaría a nadie más de tu familia, que... Bueno, lo siento.

–Vaya. Un momento. Yo no estoy enfadado, Bren. En absoluto. Por lo que a mí respecta, le podíamos contar lo del niño a todo el clan MacAllister ahora mismo.

–No digas tonterías. Ya vamos a pasar demasiados meses con ellos preguntándonos por qué no nos casamos y no. De eso nada. Nadie lo va a saber hasta que ya no pueda ocultar mi condición. Prométeme que no se lo vas a contar todavía a tu familia, Richard. Por favor. ¿Lo prometes?

–De acuerdo, de acuerdo, no te preocupes, Bren. Pero cuando vuelva a casa vamos a tener que hablar muy seriamente.

–¿Sobre qué?

–Preferiría esperar a verte, esto es muy importante.

–Richard, esto no es justo –dijo Brenda alzando la voz de nuevo–. Me voy a volver loca tratando de averiguar qué se te ha ocurrido. Voy a preocuparme tanto que, seguramente, me voy a olvidar de tomar leche todos los días.

–Eso es chantaje, Bren.

–Si sirve de algo...

Richard maldijo en voz baja.

–Muy bien –dijo él por fin–, tú ganas, pero de verdad que quiero que nos sentemos cara a cara para hablar de esto. Brenda, a pesar de las largas horas que he estado trabajando aquí, aún he tenido un montón de tiempo para pensar cuando vuelvo al hotel por las noches. Mucho tiempo.

–¿Y?

–Y es mi hija lo que llevas dentro.

–No. Es nuestro hijo.

–Ya sabes lo que quiero decir. Quiero que nuestra hija lleve mi apellido, que sea una MacAllister. Necesito que sepa que yo soy un padre feliz y orgulloso y que la quiero mucho, mucho.

–Ohhh –exclamó ella con los ojos llenos de lágrimas otra vez–. Eso es muy dulce.

–Tú escucha, ¿de acuerdo?

–Sí. Muy bien. Lo siento.

–Sé que tú no crees que debamos casarnos porque somos muy distintos y también porque crees que estar enamorados es algo vitalmente importante cuando uno se casa.

–Sí.

–Así que no sé qué hacer. No te puedo pedir que le des mi apellido a nuestro hijo como si el tuyo no existiera. Así que la única solución que se me ocurre es unir los dos y que se llame Henderson–MacAllister.

–No creo que vaya a aprender a deletrearlo sino al cabo de mucho tiempo, Richard.

–Ya lo sé, pero es realmente importante para mí que lleve mi apellido, de alguna manera. ¿Lo pensarás mientras yo estoy fuera? Así podremos hablarlo cuando vuelva.

–De acuerdo, claro. Lo pensaré mucho. ¿Pero por qué te refieres a nuestro hijo como si fuera una niña?

Richard se rio.

–Porque lo es, Bren. Seguro. Soy un MacAllister, ¿recuerdas? Ya sabes que, en nuestra familia, los hijos por nacer son siempre lo que dicen los padres. Así que vamos a tener una hija, y ya le puedes ir comprando ropa rosa.

Brenda se puso una mano en el vientre.

–Una hija –dijo–. Una preciosa niña. Estás haciendo que parezca muy real, Richard.

–Lo es, y es nuestra, Bren. Es nuestra hija, nuestro milagro.

–Sí. –susurró ella.

–Bren, yo... Bueno, será mejor que te deje dormir un poco. Te llamaré mañana por la noche desde Dallas. Lamento de verdad estar fuera tanto tiempo. Me gustaría estar allí contigo.

–Y a mí también. Pero entiendo que no puedas estar. Siempre has estado fuera mucho tiempo y siempre lo estarás, supongo. Así son las cosas por tu trabajo.

–También he estado pensando en eso, pero... Bueno, cuídate y cuida del Bombazo. Adiós, Brenda.

–Buenas noches, Richard.

Cuando colgó, Brenda se quedó mirando al teléfono por un largo momento y dijo entre lágrimas:

–Te echo de menos, Richard

Richard seguía sentado en la cama de la habitación del hotel con la mano aún en el teléfono.

No había querido romper la conexión con Brenda. Se sentía como si llevara fuera una eternidad y nunca fuera a volver a Ventura. A Brenda. A su hija.

Las llamadas diarias no eran ya suficiente. Quería ver a Brenda, abrazarla, asegurarse de que estaba bien, ponerle la mano en el vientre y sentir allí a su hija.

Suspiró y se obligó a soltar el teléfono. Se tumbó en la cama y entrelazó los dedos por detrás de la cabeza.

Quería volver a casa. Quería volver con Brenda.

Y también quería casarse con ella. Comprar una casa que fuera su hogar, ser una familia, madre, padre e hija.

Pero eso no iba a suceder porque Brenda nunca accedería a casarse con él, porque no estaban enamorados.

—Ah, demonios —dijo en voz alta—. Todo es tan complicado...

¿Por qué no podía ver Brenda que lo que tenían entre los dos era especial, que ser buenos amigos era importante y significaba mucho más que lo que tenía la mayoría de la gente?

Muy bien, no estaban romántica y bobamente enamorados, pero lo que tenían era real y contaba para algo. Serían unos padres devotos para su hija y la criarían en un hogar lleno de alegría.

Se rio y agitó la cabeza.

Un hogar que incluiría un frigorífico vacío porque Brenda no podría encontrar las notas que se habría escrito a sí misma para recordar lo que tenía que comprar.

Sí, bueno. ¿Y qué? Él se podía encargar de la compra y también se podrían permitir contratar a una asistenta para que limpiara la casa y pusiera un poco de orden. Incluso podría soportar escuchar su música favorita siempre que pusieran de vez en cuando algunos valses de Strauss.

¿Por qué estaba siendo tan difícil, tan femenina, Brenda con eso de querer formar parte de un amor de cuento de hadas? Ahora que lo pensaba, ¿cómo sabía uno cuando estaba románticamente enamorado? ¿Lo sabía Brenda? ¿Y él? No tenía ni idea de la respuesta a esa pregunta.

Estaba rodeado por las parejas de los MacAllister, que estaban profundamente enamoradas. ¿Qué tenían ellos que Brenda y él no tenían siendo los mejores amigos del mundo? ¿Qué necesitarían Brenda y él para ser los mejores amigos enamorados? No tenía ni idea.

De lo único que estaba seguro esa noche en esa vacía habitación de hotel era de que echaba de menos a Brenda, que quería ver su sonrisa y sus brillantes ojos oscuros.

Se sentía solo por primera vez en todos esos años de viajar.

Quería estar en casa.

Suspiró y puso los pies en el suelo, se quitó los zapatos y se dirigió a la ducha. Temía otra noche de sueño agitado.

Durante las siguientes tres semanas, Brenda estuvo muy ocupada con el trabajo y llegaba agotada cada tarde a su casa, cenaba, se daba un baño de espuma y se metía en la cama a esperar la llamada de Richard.

La tercera noche que fue evidente que él la había despertado, le dijo:

—Maldita sea, Bren, no son ni las nueve y ya estás de nuevo tan cansada que te has quedado dormida. No hace falta ser un genio para darse cuenta de que estás trabajando demasiado. Esto tiene que parar, ¿me oyes?

Brenda bostezó.

—Mmmm. Te oigo, Richard. Las cosas se calmarán un poco en la agencia dentro de un par de semanas. Siempre pasa lo mismo en agosto.

—Sí, bueno, pero tú no has estado embarazada nunca antes en agosto. Acabar completamente agotada noche tras noche no puede ser bueno ni para ti ni para la niña. ¿Sabe Kara que estás haciendo esto?

—No he hablado con ella. Se supone que la tengo que ver la semana que viene. Y deja de gritarme, Richard, en mi trabajo tengo responsabilidades, como tú y no te estoy gritando porque trabajes siete días a la semana, ¿verdad? No, no lo estoy haciendo.

—No soy yo el que va a tener un hijo. ¿Y qué pasa con tus responsabilidades con él?

Brenda entornó los párpados.

—No te atrevas a insinuar que no estoy cuidando bien a nuestro hijo, Richard MacAllister. No te veo a ti por aquí sirviéndome vasos de leche. Estoy haciendo todo esto sola y no estoy descuidando mi salud ni la del niño. Así que deja de regañarme.

Richard suspiró.

–Tienes razón. No estoy allí contigo y debería estarlo. Lamento haberte regañado. Bren, me siento como si estuviera en otro planeta en vez de en otro estado lejos de ti. ¿Te estás tomando la leche?

–¡Ahhh! ¡Me estás volviendo loca!

–Lo siento, lo siento, lo siento. Cambiaremos de tema antes de que empieces a pensar en asesinarme. ¿Sabes que soñé anoche contigo?

–¿Sí? ¿Y sobre qué era el sueño?

–Un poco complicado, ya sabes como pueden ser los sueños, pero el caso era que estábamos bailando, creo que un vals de Strauss, en una gran sala de baile abarrotada de gente. Tú llevabas un vestido largo y vaporoso y yo iba de oscuro. Entonces, de repente, nos vimos bailando en un campo de flores.

–Ohhh, qué romántico.

–¿Eso es romántico? –Preguntó él.

–Te lo juro, Richard, no creo que reconocieras algo romántico aunque te mordiera en la nariz. ¿Qué más pasaba en el sueño?

–Después de eso se hizo muy confuso. Estábamos bailando y, de repente, teníamos unos niños en brazos, muchos niños. Una cosa muy rara.

–Es simbólico. Tendremos problemas para seguir con nuestros trabajos; nos faltará tiempo libre para cuidar de nuestro hijo. Ese es un pensamiento muy sobrecogedor.

–Pero no en el sueño, Bren. Estábamos

riendo y divirtiéndonos mucho con los niños. Era divertido. Entonces sonó el despertador y me desperté. Pero la cosa era que nos lo estábamos pasando muy bien bailando y cuando llegaron los niños.

—Oh, bueno, eso es consolador. ¿Estás seguro de que estábamos bailando un vals? Puede que estuviéramos bailando el dos pasos de Texas con música country.

—Era mi sueño, Brenda y se trataba de un vals de Strauss, *Wiener Blunt*. No trates de cambiar el guión.

—No te enfades de nuevo. Creo que es muy dulce el que hayas soñado conmigo y con el niño. Pero como hay tantos niños en el sueño, probablemente sea porque nuestro hijo va a ser una parte importante de nuestras vidas y vamos a tener que acostumbrarnos.

—¿Desde cuándo te has vuelto una experta en la interpretación de los sueños?

—Bueno, solo estoy suponiendo...

—Lo cierto es que tiene sentido lo que dices. Las cosas serán mucho más fáciles para los dos cuando vuelva a casa. Entonces no estarás sola y yo no me sentiré... tan aparte de lo que está sucediendo.

—Pero te volverás a marchar al cabo de pocos días, una semana como mucho, Richard. Lo haces siempre.

—Ya veremos. Voy a colgar para que te puedas volver a dormir. Tal vez vuelva a soñar contigo esta noche.

–Eso estaría bien –dijo Brenda suavemente.

–O tal vez seas tú la que sueñes conmigo.

–Sí, tal vez lo haga. Eso también estaría bien.

–Buenas noches, Brenda.

–Buenas noches, Richard. Que... que tengas bonitos sueños.

Tres noches más tarde, Brenda respondió al teléfono.

–¿Diga?

–¿Brenda? Soy Jillian MacAllister.

–Hola, Jillian. ¿Cómo estás? ¿Y Forrest y las trillizas?

–Estamos todos bien. Escucha, te llamo para decirte que Jennifer está de parto en el Hospital de la Merced.

–¡Oh, qué buena noticia, Jillian! Me alegro de que me hayas llamado.

–Bueno, tú eres como un miembro más del clan MacAllister. Algunos vamos a ir al hospital y otros nos vamos a quedar con los niños. Yo me he quedado aquí, pero Forrest ya va de camino al hospital. Me ha dicho que Jack estaba muy afectado cuando llamó. Si se desmaya en la sala de partos, no lo superará nunca.

–Eso es cierto –afirmó Brenda riendo–. Pobre Jack, espero que aguante. Jillian, solo piensa que el hijo de Jennifer y Jack va a nacer esta misma noche.

–Ah, ya veo que eres de las que creen en esa

leyenda, Jack ha dicho que es niño, así que será niño.

Brenda se puso una mano en el vientre y pensó que ellos tendrían una niña porque Richard lo había dicho.

–Voy al hospital ahora mismo, Jillian. Muchas gracias por llamarme.

–Mis pensamientos y oraciones estarán en el hospital, ya que no puedo estar allí en persona. Hasta luego, Bren.

–Hasta luego.

Brenda colgó, tomó su bolso y corrió hacia la puerta. Pero cuando salió se dio de bruces contra algo que había afuera.

–¡Richard! ¿Richard?

–En vivo y en directo –dijo él rodeándola con sus brazos–. Vaya, me alegro de verte, Bren.

Ella lo rodeó también con los brazos.

–Yo también me alegro de verte. ¿Por qué no me llamaste para decirme que volvías?

–Porque no estaba seguro de cuándo podría terminar. ¿A dónde ibas tú con tanta prisa?

–Ah, al hospital. Jennifer está de parto y Jillian acaba de llamarme. Forrest dice que Jack se va a desmayar. ¿Crees que tu hermano aguantará lo suficiente como para ver nacer a su hijo? Porque es un niño, ¿sabes? Porque Jack lo dijo, como tú dijiste que el nuestro iba a ser una niña y...

Richard la besó entonces.

Lo hizo porque se alegraba mucho de verla. Y también porque parecía una delicada flor de verano y porque sus ojos brillaban como diamantes con la excitación.

Y también la besó porque llevaba a su hija en las entrañas y eso lo llenaba de alegría.

Y también porque era Brenda y la había echado mucho de menos.

Terminó el beso de muy mala gana y vio en el rostro de ella las mismas emociones confusas que lo embargaban a él.

—Estás en casa —dijo ella sin respiración.

Y ya era raro que pudiera decir algo después de semejante beso. De un beso tan maravilloso y apasionado que ella le había devuelto por completo. Oh, cielos, ¿qué estaba pasando allí?

—¿Richard?

—Yo... Me alegro de estar de vuelta —dijo él—. No había pensado besarte así, pero me ha salido... Oh, Bren, puedo sentir a nuestra hija contra mi cuerpo. Tu vientre es...

—Como el de una vaca —dijo ella riendo—. ¿Ves lo que quería decir cuando te dije que estaba engordando muy aprisa?

—¿Puedo? —Dijo él tentativamente.

Brenda le tomó la mano y se la puso sobre el vientre.

—Richard —dijo sonriendo—. Esta es tu... nuestra hija.

—Hey, Bombazo, ¿cómo se está ahí dentro? Soy tu padre y estoy en casa, chica.

—¿Vienes conmigo al hospital para ver la llegada de tu nuevo sobrino?

—¿Qué? Oh, sí, claro que sí. No me lo perdería por nada. ¿Pero estás segura de que tú deberías ir? Seguro que has tenido otro día de trabajo duro en la agencia.

–Estoy bien. Vámonos ya . Espero que todo el mundo esté pendiente de ellos y no se fijen en mi vestido. Un ojo entrenado como el de los MacAllister se daría cuenta enseguida de que estoy embarazada. En el trabajo hemos estado tan ocupados que nadie se ha dado cuenta todavía, y no estoy lista aún para que tu familia lo sepa.

Bueno, Richard pensó que él sí que estaba más que listo. Quería decírle al mundo entero que iba a ser padre, que Brenda y él iban a tener un hijo.

Le rodeó los hombros con un brazo y empezaron a andar por el pasillo.

Y lo que era más, siguió pensando, quería casarse con Brenda. Vivir junto a ella no iba a ser bastante para él. No señor. Quería ser parte de la vida de su hija cada momento que fuera humanamente posible.

Tenía que convencer de alguna manera a Brenda de que no hacía falta estar enamorados para ser marido y mujer, que ser buenos amigos era suficiente y así podrían criar juntos a su hija.

Mientras conducía hacia el hospital, le dijo:

–¿Quieres saber una tontería? La libélula tiene una esperanza de vida de veinticuatro horas.

–¿No me digas? Eso es muy triste, ¿no? No

me digas cosas como esa, Richard. Mis hormonas seguramente harán que me ponga a llorar por las pobres libélulas.

–Bueno, eso da que pensar. Los humanos vivimos muchos años y debemos agarrar toda la felicidad que podamos. Puede que no sea lo perfecto, aquello con lo que soñamos, pero algo es mejor que nada.

–Me pregunto cómo van a llamar a su hijo Jennifer y Jack –dijo Brenda.

Richard frunció el ceño.

Ya hablarían de lo suyo más tarde, pero ahora él tenía una misión, un propósito. Él era un MacAllister y los MacAllister siempre luchaban y ganaban. Se casaría con Brenda Henderson. Ella vería la luz y se daría cuenta de que, aunque no estuvieran enamorados, se amarían y respetarían el uno al otro.

Eran los mejores amigos del mundo y serían una familia los tres.

Ahora lo único que necesitaba era un plan para que eso fuera cierto.

Capítulo Siete

La sala de espera de maternidad estaba llena de miembros de la familia MacAllister cuando llegaron Brenda y Richard.

Y todos estaban poniendo dinero para la apuesta que había de que iba a ser un niño. El encargado de recogerlo era Forrest, ya que Jack no estaba en situación de hacerlo.

–Gracias –le dijo a Richard cuando él le puso un billete de veinte dólares en la mano–. Richard, recuerda que he apostado veinte dólares por ti en la apuesta de los solteros. Sigue con tu forma de vida, primo. Siempre has sido un solterón empedernido y, si cambias de opinión te voy a dar una buena.

–Tengo toda la intención de mantenerme en mi forma de pensar actual –dijo Richard.

O sea, que quería una esposa, hijos y un hogar de verdad. Siempre lo había querido, pero nunca había estado dispuesto a decirle a la familia que no era capaz de encontrar a su mujer ideal entre todas. Forrest se quedaría pasmado si supiera que su famoso primo soltero estaba completamente decidido a casarse con Brenda Henderson... De alguna manera.

–Me alegro de oírlo –dijo Forrest–. Quiero que alguien se imagine cuánto tiempo tenéis que permanecer solteros tú y ese sheriff de entre Montana y Arizona para que yo pueda conseguir algo de dinero... Esto de la apuesta de los solteros está muy mal organizado. Y eso es porque no he sido yo quien lo ha hecho.

–Forrest, estás demasiado lleno de ti mismo –dijo Brenda riendo–. Está muy claro que no tienes ningún problema con tu autoestima.

–No hables con él, Brenda –dijo Michael desde el sofá donde estaba sentado–. Es un desperdicio. Dime, ¿sabe alguien cómo van a llamar a su hijo Jack y Jennifer?

–No –intervino Ralph MacAllister–. Jack dice que lo sabrán con seguridad en cuanto lo vean. Lo cierto es que yo no tengo ni idea de cómo lo van a llamar.

–Con suerte, no vamos a tener que esperar mucho para saberlo –dijo Mary tomando la mano de su marido Ralph–. Esta espera es muy enervante.

–Uno se acostumbra a ella después de haber tenido media docena de nietos, Mary –dijo Robert–. ¿No es así, Margaret?

–No –respondió su esposa riendo–. No importa cuántas veces te sientes en esta sala, te sigues sintiendo impotente. Ven a sentarte a mi lado, Brenda. No te he visto desde hace mucho.

Brenda se sentó en un sofá junto a ella y los demás se pusieron a hablar de baloncesto.

Margaret sonrió a Brenda y le dijo al oído:

–He querido que te sentaras aquí, fuera de la vista de los demás porque, tal como estabas ahí, es evidente que estás esperando un hijo. Y creo que no quieres darle publicidad, ya que, si no, lo habrías dicho. Si no es así, vuelve ahí y aprovecha para anunciarlo ahora que estamos casi todos juntos.

Brenda se puso pálida.

–Oh, cielos. No, no quiero anunciarlo... ¿Crees que se habrá dado cuenta alguien más? Oh, esto es terrible...

–Calla. No te preocupes. Eres como un miembro de esta familia, Brenda. Nadie te va a censurar. Si tú estás contenta con tu hijo, entonces estaremos encantados por ti. Los MacAllister siempre preferimos estar contentos. ¿Tú estás contenta con tu hijo?

Brenda sonrió.

–Sí, la mayor parte del tiempo. Cuando estoy cansada, a menudo me asusto, pero yo ya quiero a esta hija. La quiero mucho.

–Perfecto. Eso es lo que importa. ¿Sabes ya que es una niña? ¿Te han hecho una ecografía?

–Oh, hum, no. No me la han hecho. Tal vez sea un niño. Los niños están bien. Sí, son muy bonitos. Pero claro, que también puede ser una niña....

–Hola, tía Margaret –dijo Richard apareciendo de repente delante de ellas.

–Hola, Richard. Me encanta que hayas podido estar aquí para el gran suceso de tu hermano. Creía que estabas en Texas.

–Acabo de llegar esta misma noche.

Richard se sentó delante de Brenda y le puso las manos en las rodillas.

–Seguro que no has cenado, Bren. ¿Qué te parece si bajo a la cafetería y te traigo unos sándwiches y un café?

Brenda miró asustada a Margaret y luego a Richard.

–No gracias amigo –dijo mirándolo fijamente–. Ya comeré algo cuando llegue a casa. Tú vete a hablar de cosas de chicos con tus primos. Adiós, Richard, colega.

Él frunció el ceño.

–Tienes ojeras, Bren. Y no las había visto cuando te traje. Si esto se retrasa mucho, te llevaré a casa para que puedas descansar un poco.

–Richard –dijo ella entre dientes–. Vete. Estoy segura de que alguien querrá que le cuentes cosas de Dallas. Ve y di algo a tu familia del viaje... O lo que sea.

–Tal vez una de las máquinas de esta planta tenga esos pequeños cartones de leche.

–¡Oh, cielos! –dijo Brenda escondiendo el rostro entre las manos.

Richard se puso las manos en las caderas y se levantó.

–Eso es –dijo–. Voy a ver si hay.

Brenda siguió tapándose la cara con las manos y miró entre los dedos para ver si Richard se había marchado. Miró también a Margaret y luego casi gimió cuando la vio sonreír y asentir.

Se colocó las manos en el regazo y dijo brillantemente:

–¿Y Joey? ¿Le gusta la idea de tener un nuevo hermano? ¿No crees que será un gran hermano mayor? Por cierto, está haciendo mucho calor últimamente. Agosto es tan agobiante, ¿sabes lo que quiero decir? Yo...

–Richard será un padre maravilloso –dijo Margaret–. Todos los hombres de la familia MacAllister son padres devotos. ¿Es que ha decretado él que vas a tener una hija? Si es así, la tendrás. El padre siempre lo sabe sin dudas. Estoy encantada por los dos, Brenda. De verdad.

–Oh, ¿pero qué Richard?

Margaret se rió.

–De acuerdo, no diré más al respecto. Richard y tú os amáis, estáis esperando un hijo y más allá de eso, vuestros planes no son cosa mía. Estoy segura de que informaréis a la familia cuando estéis listos y eso está bien.

–Margaret, escúchame. Richard es mi mejor amigo y yo soy su mejor amiga. Sí, nos queremos, pero no románticamente. No estamos enamorados, solo es un amor de amigos. No nos vamos a casar porque no estamos enamorados.

–Mi querida hija. Hace treinta y un años que estaba sentada en esta misma sala de espera, esperando el nacimiento de Richard MacAllister. Conozco y amo a ese chico tanto como a mis propios hijos. Deberías recordar que él tiene los mismos ojos expresivos de toda la familia. Lo acabo de ver hablando contigo, mirándote. Oh, sí, Brenda. Nuestro Richard está definitivamente enamorado, por mucho que tú creas lo contrario. Eso no significa que sea consciente de la profundidad de sus emociones por ti todavía, pero...

–No, no, no. No quisiera parecer irrespetuosa, Margaret. Richard y yo somos amigos, nada más. Esto –dijo Brenda llevándose una mano al vientre–, solo sucedió. Repito, Richard y yo somos los mejores amigos, compañeros, colegas. Fin de la historia.

–Mmm. El caso es, Brenda, que mi querido Robert es también mi mejor amigo, además de mi alma gemela.

–Tu familia tiene un punto de vista curioso a ese respecto. Realmente raro.

–Hey –dijo Richard desde el otro lado de la sala–. Mirad a quien he encontrado vestido con su bata verde. Señoras y señores, les presento a mi hermano Jack, el padre más nuevo del clan. Oh, y también está mi hermana pequeña, Kara, recién salida también de la sala de partos.

Todo el mundo se puso en pie y empezó a hablar a la vez. Brenda respiró profundamente y se unió al grupo.

Jack levantó las manos y pidió silencio.

–No me he desmayado –dijo–. Ni antes, ni durante ni después del nacimiento, ni lo haré más tarde, por si eso entra en la apuesta.

Luego sonrió y añadió:

—Es un niño, por supuesto, porque dije que lo sería, y está perfectamente, lo mismo que Jennifer. El niño no para de llorar. Yo... Me siento verdaderamente bendecido.

—¿Cómo se llama? —preguntó Ralph.

—Jason —dijo Jack mirando a Richard—. Joey y Jason. Tiene ritmo. Sí, es Jason Richard MacAllister.

A Richard le brillaron los ojos.

—¿Has llamado así a tu hijo por mí? —Preguntó—. Vaya, Jack, no sé qué decir. Gracias. Hey, Bren, ¿dónde estás? ¿Lo has oído? Han llamado al niño Jason Richard MacAllister.

Brenda se puso a su lado y él le pasó un brazo sobre los hombros.

—¿No es bonito?

—Definitivamente, lo es.

—Bueno —dijo Margaret y se puso delante de ellos dos—. ¿Cuándo podremos ver a Jason Richard? ¿Jack? ¿Kara?

—Iré a ver —dijo Kara—. Mientras tanto, démosle un buen abrazo a este nuevo padre, familia. Lo ha hecho muy bien. Esta noche Jennifer no podrá recibir visitas, salvo a Jack, pero Jason Richard estará en el nido. Volveré en un segundo.

Todo el mundo se abrazó, se dio las manos y grandes palmadas en la espalda y la charla empezó de nuevo.

Cuando Richard dejó a Brenda para abrazar a Jack, Margaret se le acercó.

–Richard está definitivamente enamorado. Ahora tú debes decidir lo que sientes por él mientras él descubre la verdad de lo que siente por ti.

–Pero...

–No te apresures, querida. El tiempo tiene todas las respuestas.

–Pero...

–Jason Richard MacAllister está listo para recibir a sus invitados –dijo Kara desde la puerta.

–Pero –repitió Brenda y levantó un dedo mientras Margaret se alejaba–. Pero te equivocas y... bueno, no importa.

–Vamos, Bren –dijo Richard–. Vamos a ver a mi sobrino.

Jason Richard MacAllister era muy hermoso, pensó Brenda.

Richard se acercó a ella y le preguntó:

–¿Qué opinas? Bonito niño, ¿eh?

–Sí, es fantástico. Pero es tan pequeño e indefenso... ¿Cómo puede uno sujetar algo tan pequeño sin aplastarlo?

–Supongo que con mucho cuidado. No lo sé, Bren. Supongo que es cosa de instinto. No debe ser tan difícil si hasta Forrest sujetó a las trillizas cuando eran pequeñas y no las rompió.

–Te he oído, Richard –dijo Forrest–. Te haré saber que era ya un profesional a la semana de que las niñas estuvieran en casa. Hey, creo que podríamos hacer una apuesta acerca de la eficacia de los nuevos padres. Lo pensaré.

–Decidle buenas noches a Jason Richard –dijo Kara–. Ya pasó la hora de visitas. Jack ve a darle un beso de buenas noches a tu esposa. Yo me voy a casa a contárselo todo a Andrew. Hasta luego, familia.

Mientras volvían a casa, Brenda no pudo dejar de pensar en lo que le había dicho Margaret. Era una mujer maravillosa y sabia, pero esta vez se equivocaba. Richard no estaba enamorado de ella.

Ni ella de él.

Lo curioso fue que ese pensamiento le produjo una extraña tristeza y suspiró.

–¿Qué te pasa, Bren? Pareces triste o algo así –dijo Richard.

–No, no. Solo estoy cansada. Y hambrienta. Y sedienta. Cuando llegue a casa voy a cenar, beber y dormirme.

–Me parece un buen plan. Necesitas tu comida, tu leche y tu descanso. Jason Richard MacAllister. Vaya un regalo que me han hecho Jack y Jennifer.

–Sí, es muy especial.

–Solo es mejor el que me estás dando tú, Brenda. Mi hija. Nuestra hija. La próxima vez que la familia se reúna en la sala de espera será para la llegada de nuestra hija. Es un pensamiento muy excitante, ¿no?

–Lo es, y tu tía Margaret ya sabe que va a suceder. Me miró y vio que estaba embarazada. Y todo por tu empeño en que comiera, tomara leche y... Bueno, Margaret se imaginó que tú eres el padre. ¿Cómo te parece de excitante, MacAllister?

Richard se rio.

—¡No fastidies! La tía Margaret dio en el clavo, ¿eh? Bueno, es casi imposible que se le pase algo por alto.

—Pues a mí me parece un desastre. No estoy lista para que tu familia sepa de esta niña, Richard. Ni siquiera estoy lista para contárselo a mis padres, porque no sé cómo les voy a explicar que yo...

—Cielos, Bren, lo siento. No he querido molestarte. Mira, ya casi estamos en casa. Te prepararé algo de comer cuando lleguemos, ¿de acuerdo? ¿Quieres la leche caliente? Se supone que es muy relajante. Sí, eso es lo que haré, te la calentaré y...

—Richard, deja de ser tan bueno conmigo —dijo Brenda levantando las manos.

Richard aparcó y apagó el motor.

—Hablaré con tía Margaret, Bren, y le pediré que no se lo diga a nadie todavía. ¿Servirá eso para que te sientas mejor?

—No, está bien. Voy a engordar rápidamente, ¿recuerdas? Todo el mundo lo va a saber enseguida, así que solo estate preparado para responder al montón de preguntas que nos va a hacer tu familia acerca de por qué no nos casamos. Oh, lo cierto es que temo esa parte.

—Ya pensaré algo que decirles —dijo él

cuando salió del coche–. Espera, que te abriré la puerta.

–¿Por qué? No lo has hecho nunca antes.

–Las cosas son distintas ahora. Muy distintas.

Brenda frunció el ceño.

Se recordó a sí misma que no le estaba abriendo la puerta por ella, sino por su hija. Ella solo era el envoltorio del Bombazo. Y tenía que andarse con mucho cuidado para no olvidarse de ello.

Una vez en casa, Brenda se puso su bata verde mientras Richard hacía unas tortillas.

Cenaron en silencio, cada uno perdido en sus pensamientos. Luego, Richard lavó los platos y después se dirigió a la puerta.

–Te dejo que duermas –dijo.

–Oh, bueno. Me siento mucho mejor ahora que he comido algo. No tienes que marcharte todavía.

–Tengo que deshacer la maleta, ver el correo y todo eso. Te veré mañana.

Entonces se marchó, dejándola a ella en medio del salón, mirando la puerta.

–Bueno –dijo–. Así está bien. Supongo.

Se dirigió lentamente a su dormitorio, pero se detuvo en seco cuando sonaron tres golpes en la pared. Fue a responder y abrió la puerta de la calle y entonces Richard pasó rápidamente a su lado.

–Richard, ¿qué...?

Él se volvió y la miró con los ojos muy abiertos.

–Hormigas –dijo él–. Mi casa ha sido invadida por las hormigas. Están por todas partes. No las he visto antes, pero ahora al parecer tienen una reunión. Voy a tener que dormir aquí. Contigo.

–¿Qué?

–En el sofá –añadió él rápidamente–. No me puedo quedar allí con todos esos bichos.

–Ve a comprar un insecticida. Tú eres más grande que ellas.

–Hay demasiadas, Bren. La situación es como para llamar a un exterminador profesional. Hablaré mañana con el casero, pero por el momento, déjame una almohada y una manta para que duerma en el sofá. No hay problema, yo lo sacaré todo de tu armario, ya que sé donde están las cosas y tú, probablemente, no lo recuerdes. Solo haz como si no estuviera aquí. Buenas noches, Brenda.

Brenda fue a decir algo, pero no lo hizo, ya que no tenía ni idea de qué decir.

–Buenas noches, Richard –dijo y salió del salón.

Richard la vio salir y, cuando hubo desaparecido, agitó un puño en el aire.

¡Sí! Pensó. Lo había hecho. Era un plan brillante y le había salido bien. Brenda y él estaban ahora viviendo bajo el mismo techo.

El imaginario ejército de hormigas que se había inventado iba a demostrar ser muy resistente, una nueva especie inmune a los insecticidas habituales.

Ahora estaba en posición de poder demostrarle a Brenda que, aunque no estuvieran enamorados, les podía ir muy bien juntos, que ser los mejores amigos contaba mucho y que hacía posible que se casaran y criaran a su hija en un hogar de verdad, con una madre y un padre.

Su plan estaba en acción.

La batalla había empezado.

Y tenía toda la intención de ganarla.

Tenía que hacerlo.

Capítulo Ocho

–Hora de tonterías –le dijo Brenda a Richard.

–Venga.

Estaban sentados en la cocina de Brenda consumiendo una cena deliciosa que él había preparado mientras ella trabajaba en la agencia de viajes.

–De acuerdo, allá va –dijo ella–. El himno nacional de Grecia tiene 158 versos y no se sabe de nadie que se lo sepa de memoria.

Richard se rio.

–Eso lo sé porque he leído la postal que has recibido hoy de tus padres y tu madre te lo decía en ella. No has conseguido ni un punto con esa, Bren.

–¿Has leído mi correo, Richard?

–No, la verdad es que no. Hay una ley no escrita que dice que las postales son del dominio público.

–No hay semejante ley. El correo es el correo y es privado.

–Te equivocas. Pregúntaselo al cartero. Te dirá que las postales son del dominio público. Ahora que lo pienso, eso puede merecer la pena para algunas tonterías, sobre todo dado que no sabías que era cierto.

Brenda se rio.

–Has hecho trampas.

–De eso nada.

–Sí, las has hecho, pero te perdonaré porque tenías esta fantástica cena esperándome. Ha estado muy bien y te lo agradezco, Richard. ¿Qué se sabe de tus hormigas?

–Nada. Le he dejado un par de mensajes al casero, pero no me ha contestado todavía. Le he dado mi número de teléfono y el tuyo y los dos contestadores estaban funcionando cuando volví de la tienda. Trataré de localizarlo mañana.

–Oh.

–No te importa que me quede en tu sofá, ¿verdad Bren? Lo digo porque, si te sientes incómoda, siempre me puedo ir a un hotel o a casa de mis padres. Mi madre estaría encantada si me quedara allí, así podría decirme que me corte el pelo.

–No, no, no tengo ningún problema con que te quedes aquí.

El único problema que había tenido fue lo mucho que le había costado dormirse sabiendo que él estaba en la habitación contigua.

–Hey, no estoy completamente loca –añadió–. He llegado a casa y me he encontrado la cena hecha, el frigorífico lleno y todo limpio como una patena. Eres un buen compañero de piso.

–He tenido un poco de tiempo libre, eso ha sido todo. Tampoco ha sido para tanto, me gusta cocinar y...

–No bromees, lo has limpiado todo porque te volvía loco el desorden que había.

–Bueno, algo así. ¿Sabes, Bren? Si pusieras las cosas en su sitio después de usarlas, no estarías todo el tiempo perdiéndolas. Por ejemplo, esta noche, en cuanto has llegado a casa, te has quitado los zapatos. Uno de ellos estaba en medio del salón, ¿pero sabes dónde está el otro?

Brenda se echó atrás en su silla para mirar al salón.

–No, no lo veo. Debe estar por ahí, en alguna parte.

–Está bajo el sofá.

–¿De verdad? Bueno, lo habría encontrado.

–Sí, pero piénsalo. Si hubieras dedicado unos minutos más a ir a tu dormitorio y dejarlos en el armario, sería fácil que los encontraras la próxima vez que los necesitaras. Es muy sencillo realmente.

–Lo intentaré... Uno de estos días. Oh, no sé, Richard. Llevo la agencia como un mecanismo bien engrasado, pero cuando llego a casa, solo quiero...

–Ser un desastre –dijo él riendo.

–Eso no es nada bonito –dijo ella riendo también. No soy un desastre en casa, solo un poco relajada. Eso es.

–Mmm. Imagínate esa relajación cuando esté aquí nuestra hija. Deberás tener listos los biberones, no te podrás quedar sin pañales en mitad de la noche, tendrás que llevar al día la colada y así podemos seguir...

Brenda frunció el ceño.

—En eso tienes razón. Tal vez debiera dedicar mis habilidades como organizadora también a la casa. Lo haré... Quizá más adelante, dentro de unos meses. No, tienes razón. Debería dejar de ser tan desordenada ahora mismo. Ya tendré bastante que hacer cuando nazca la niña.

—Adelante. De verdad que te gustará tener un hogar eficientemente llevado, Bren. Te garantizo que te gustará.

—Bueno, no esperes milagros. No puedo cambiar de la noche a la mañana, ¿sabes?

—Pero puedes cambiar si te empeñas —dijo él poniéndose serio—. Todos lo podemos hacer. Nuestros actos y actitudes no están grabados en piedra. Para madurar como personas necesitamos abrirnos a nuevas ideas.

—Oh, muy bien, empezaré ahora mismo. Pondré mis zapatos en el armario cada vez que llegue a casa del trabajo.

—Eso es un principio, supongo. ¿Quieres postre?

—La verdad es que eres una caja de sorpresas. ¿Cómo es que no me he dado cuenta antes?

—Porque antes no estábamos viviendo juntos, tal vez.

—¿Podrías decir eso de otra forma, Richard?

No estamos viviendo juntos, solo estamos... Dame un minuto para pensarlo.

–Estamos viviendo juntos. Comemos, dormimos, estamos bajo el mismo techo. Esa es mi opinión de lo que es vivir juntos.

–Sí, pero cuando usas el término vivir juntos, indica que dos personas están teniendo... están... Vaya, lo que quiero decir es que se están acostando juntos.

–Eso es cierto –dijo él pensativamente–. Por supuesto, podríamos hacer el amor si quisiéramos, que no es el caso.

–¿No es el caso?

–Por supuesto que no. La noche que compartimos fue el resultado final de una larga lista de circunstancias que terminó en... La verdad del asunto, Brenda, es que resultó la noche más increíble y la experiencia más hermosa que he compartido con nadie en toda mi vida.

–Oh, ya sé. Eso no te lo discuto, Richard. Fue tan... Bueno, olvídalo.

–No puedo –dijo él tomándole una mano por encima de la mesa–. Créeme que lo he intentado, pero no me puedo quitar de encima los recuerdos de esa noche. Además, está el hecho de que, de aquello salió el Bombazo, lo que hace que me resulte más difícil olvidarlo. Sucedió, Brenda, y fue... muy especial.

–Sí –respondió ella suavemente–. Sí, lo fue.

El calor de la mano de Richard le estaba subiendo por el brazo hasta los senos como una corriente salvaje. Le estaba recorriendo y calentando todo el cuerpo.

¿Por qué estaba teniendo Richard ese impacto sensual en ella? Bueno, él había sido su amante una noche maravillosa, pero... Aquello era muy confuso. Y ya bastaba.

Apartó la mano y se puso en pie.

—Tú has cocinado, así que yo lavaré los platos y limpiaré la cocina. Es lo justo –dijo.

—De eso nada. Tú has estado trabajando todo el día, Bren. Lo único que he hecho yo ha sido pasarme por mi oficina a echar un vistazo. Tú ponte cómoda que yo me ocuparé de esto.

—Y también has hecho la compra, limpiado la casa y preparado una espléndida cena –dijo Brenda agitando la cabeza–. No, la cocina la limpio yo.

Richard se levantó entonces.

—Vamos a llegar a un compromiso, ¿de acuerdo? Lo haremos juntos.

—Bueno, sí, de acuerdo. Así iremos más aprisa. Luego yo me voy a poner mi bata verde y veré *Casablanca*, que la ponen esta noche en televisión. No creas que porque me ponga la bata me siento mal o estoy preocupada. A veces me la pongo solo por comodidad.

—Llevabas esa bata la noche en que...

Richard se aclaró la garganta y empezó a recoger los platos antes de añadir:

—No estoy seguro de poder verte de nuevo con esa bata sin recordar... Bueno, no importa.

–Tal vez sea mejor que no me la ponga mientras estés... Mientras estemos...

–Viviendo juntos. No te va a partir un rayo si lo dices, Brenda. Estamos viviendo juntos.

–De acuerdo, muy bien. Así que... Estamos viviendo juntos. Pero solo hasta que elimines las hormigas.

–¿El qué? ¡Ah! ¡Sí, claro! Las hormigas. Sí, por lo menos deberían pagar el alquiler del tiempo que estén viviendo en mi casa.

Richard empezó a llenar el lavaplatos.

Brenda llevó más de la mesa y los dejó sobre el aparador.

–¿No crees que es raro que solo hayan invadido tu casa? No he visto ni una por aquí.

–¿Quién sabe lo que le pasa por la cabeza a una hormiga? Hey, esta noche dan un partido de béisbol por la televisión que debe estar bastante bien.

–Pero también ponen *Casablanca*.

–Bren, has visto esa película por lo menos veinte veces –dijo Richard mientras metía las sobras de la cena en el frigorífico.

–Veintidós, pero nunca me cansaré de verla. Es un clásico. Una de las películas más románticas que se han hecho nunca.

–Mmm. Esto ya está. La cocina está limpia.

–Es verdad. Y no es que yo haya ayudado mucho.

–No te preocupes. Mira, ¿por qué no voy a mi casa y me traigo la televisión. Yo veré el partido sin sonido y tú podrás llorar con tu película. ¿Qué te parece?

Brenda sonrió.

–Eres un genio.

–No, solo soy un hombre que está tratando de llegar a un compromiso en lo que se refiere a vivir con una mujer.

–Y estás haciendo un trabajo admirable al respecto.

Brenda se puso entonces de puntillas y le fue a dar un beso en la mejilla.

Pero Richard se volvió en ese preciso momento y sus labios se rozaron levemente mientras sus miradas se encontraban. El tiempo se detuvo y sus corazones empezaron a latir a toda velocidad.

Los dos dieron un paso adelante y Brenda le rodeó el cuello con los brazos mientras que él le rodeaba la cintura.

Richard capturó sus labios con un beso ansioso y Brenda se lo devolvió con un completo abandono, saboreándolo a él y a las sensaciones que se despertaban en su interior.

La excitación de él era evidente y la sentía contra su vientre.

En ese momento él gimió y ella le hizo eco. Su mente no paraba de decirle que qué estaba haciendo.

Interrumpió el beso, respiró agitadamente y retrocedió un paso, obligando a Richard a soltarla.

–Eso... Eso no debería haber sucedido –dijo ella.

–¿Por qué no? ¿Por qué no, Brenda? Nos deseamos. No hay nada de malo en ello.

–¿Cómo que no hay nada de malo? –exclamó ella poniendo los brazos en jarras–. Cielo santo, Richard, estamos hablando de lujuria. De sexo. No de hacer el amor entre dos personas que se aman. Solo sexo, físico, puro y satisfactorio.

–No –respondió él agitando la cabeza–. Es más que eso. No somos unos desconocidos que se acaban de conocer en una fiesta de solteros y han decidido ir a por todas. Nos respetamos, nos conocemos el uno al otro mejor que muchos matrimonios. Y también nos amamos a nuestra manera. Somos los mejores amigos, Brenda, y eso cuenta para algo, de verdad que sí.

–No es suficiente –dijo ella y los ojos se le llenaron de lágrimas.

–Sí que lo es –afirmó él agarrándola por los hombros–. ¿Es que no lo ves, Bren? Ser los mejores amigos es un magnífico fundamento para un matrimonio. Podemos hacerlo funcionar si nos esforzamos. Seremos una familia. Tú, yo y nuestra hija. Estará bien, Bren. Lo estará.

–No, no, no –dijo ella mientras le corrían las lágrimas por las mejillas–. Me veo a mí misma sentada al pie de la cama de nuestra hija cuando sea adolescente y sueñe despierta con el hombre con el que se casará algún día. Cuando me pregunte cuándo nos enamoramos, cuándo supe que tú eras mi alma gemela para toda la eternidad. Entonces, ¿qué le responderé, Richard? ¿Que no fue así, que su padre y yo éramos unos grandes amigos más bien dados a la lujuria y eso fue todo? ¿Almas gemelas? No. ¿Que estábamos enamorados? Nada de eso. Nunca llegamos tan lejos, amigos, compañeros, colegas...

Richard la soltó y dijo:

—Para, Brenda. Ya basta.

—No, no basta. ¿Por qué estás dispuesto a conformarte con menos de lo que has soñado tener con una mujer, Richard? Llevas desde que te conozco buscando a tu alma gemela, esperando encontrarla, tenerlo todo, como lo tienen los demás MacAllister. Solo porque hemos creado un hijo juntos, eso no significa... Oh, Richard. ¿Es que no lo ves? No estamos enamorados de la forma en que deberíamos estarlo para planear una vida como marido y mujer. No... No estamos enamorados.

—¿Y cómo lo sabes? ¿Qué te hace ser tan experta en eso, Brenda? Mi familia no para de decir que sus almas gemelas son también sus mejores amigos. ¿Cómo sabes que tú y yo, los mejores amigos, no somos también nuestras almas gemelas? ¿Te has parado a pensar que podría ser que estemos enamorados y no lo sepamos?

Brenda lo miró a los ojos.

—No seas ridículo. Los dos lo sabríamos si fuera cierto.

113

–¿De verdad? Bueno, cuéntame. ¿Cuáles son las señales, las sensaciones, las emociones, lo que sea que tiene alguien cuando está enamorado? Vamos, cuéntame.

–Bueno, ¿cómo lo voy a saber? Nunca he estado enamorada en toda mi vida. Doy por hecho que una persona puede decir que está enamorada cuando... Cuando lo siente... Cuando lo sabe...

Brenda se interrumpió y alzó los brazos.

–No tengo ni idea de cómo dos personas se dan cuenta de que están enamoradas. De verdad que no lo sé.

Richard suspiró.

–Ni yo. Lo que sí sé es que lo que tenemos nosotros es una base más que suficiente para un matrimonio y para criar un hijo.

–No. No lo es.

–De acuerdo –respondió él levantando los brazos en un gesto de rendición–. El tema está cerrado. De momento. Iré a por mi televisión, así que sé una *amiga* de verdad y sírveme un plato del postre, ¿quieres? Gracias, *compañera*.

Cuando estaba a punto de salir de la casa, ella le dijo:

–No es necesario que te enfades.

–Me siento con ganas de estar enfadado, así que lo estaré.

Brenda se estremeció cuando él cerró de un portazo. Luego sus dedos, como si tuvieran voluntad propia, se dirigieron a sus labios, en los que aún sentía el beso que habían compartido momentos antes. Después, se apoyó las dos manos en el vientre.

–Oh, chica –dijo mientras se le saltaban de nuevo las lágrimas–. Estoy tan confusa... Tu madre es un desastre, querida. Solo espero poder averiguar mis complicados sentimientos porque lo que está en juego es mi relación con tu padre. Todo mi futuro.

Capítulo Nueve

Brenda sonrió cuando entró en su casa, pero luego frunció el ceño al no recibir la habitual bienvenida de Richard cuando volvía de trabajar en la agencia de viajes.

–¿Richard?

Pero no contestó nadie.

Se sintió bastante decepcionada por el hecho de que él no estuviera en casa, como lo había estado cada tarde en la última semana.

Dejó los zapatos en el armario, se puso unos pantalones de premamá y una camiseta larga y luego colgó también el vestido en el armario.

Pensó que todo estaba muy ordenado. La verdad era que se estaba acostumbrando a ser ordenada en casa y no le había resultado muy difícil.

¿Dónde estaría Richard? En toda la casa no había signos de él, ni una nota ni la habitual y maravillosa cena.

Se dejó caer en un sofá y se quedó mirando al techo. Se dijo a sí misma que era una tonta por sentirse tan vacía, tan extrañamente sola solo porque Richard no estaba en casa para recibirla después de un largo día de trabajo.

Solo llevaban una semana viviendo juntos, para llamar a aquello como él lo llamaba, pero ahora se daba cuenta de lo mucho que disfrutaba de su compañía y lo agradable que era tener a alguien en casa para hablar durante la cena y después, por la noche.

Echaba de menos a Richard y deseaba que apareciera por la puerta en ese mismo instante.

Tenía que recordar que eso de vivir juntos era un arreglo temporal, nada más. Que él solo se quedaría hasta que el ejército de hormigas que había invadido su casa sucumbiera a los productos del exterminador, lo que Richard decía que le dolía mucho, o hasta que él se marchara a su siguiente trabajo.

Sabía todo eso y lo aceptaba. Lo que pasaba era que no se había esperado llegar a una casa vacía ese día. Le había comprado un regalo y había esperado dárselo durante la cena.

¿Cómo era posible que una forma de vida que llevaba desde hacía solo una semana le parecía como si fuera toda una vida? No conocía la respuesta a esa pregunta.

Durante esa semana no había habido más besos, ni él le había vuelto a hablar de casarse. Simplemente habían vivido sus vidas, juntos, y había estado muy bien. Realmente no le gustaba estar sentada allí, sola. Era ilógico, pero...

El ruido de la llave de Richard en la cerradura la hizo ponerse de pie. Lo miró mientras él entraba en la casa con los brazos llenos de bolsas.

–Hola –dijo Brenda sonriendo–. Me estaba preguntando dónde estabas. No es que me lo tengas que decir o algo así, pero he estado buscando una nota. Lo cierto es que me alegro de que hayas vuelto, Richard.

Él se detuvo y la miró intensamente.

–Gracias –dijo sonriendo–. Me alegro de oírlo, Bren. También me alegro de estar aquí, en casa.

A pesar de que estaban separados por casi toda la habitación, se sintieron conectados de alguna manera mientras se sonreían. Era como si solo los separaran unos centímetros.

Luego, empezó a invadirlos un calor, una sensualidad, un deseo que hizo que sus corazones se aceleraran.

–Sí, bueno –dijo él por fin–. No pensaba estar fuera mucho tiempo, si no, te habría dejado una nota. Lo habría hecho si hubiera sabido que dejar mi trabajo me iba a costar tanto tiempo. He comprado comida china para la cena, espero que te parezca bien. Sé que a ti te gusta, así que...

–¡Alto! –Dijo ella levantando una mano–. ¿Has dejado tu trabajo? ¿Lo has hecho?

–Sí. Ven, vamos a comernos esto antes de que se enfríe.

Brenda sirvió unos refrescos mientras él sacaba de las bolsas las consabidas cajitas de cartón y luego prepararon la mesa.

–No puedo esperar más –dijo ella cuando estuvieron sentados–. ¿Has dejado tu trabajo? ¿Por qué?

–Llénate el plato. El Bombazo tiene hambre. ¿Dónde está tu leche?

–La leche va fatal con la comida china. Ya la tomaré más tarde.

Se llenó el plato y, después de probarlo, añadió:

–Delicioso. ¿Has dejado tu trabajo?

–He ido a ver a mi jefe y le dije que, de ahora en adelante, solo quería trabajar en sitios que me permitieran volver a casa todas las noches. Pero él me respondió que era completamente imposible. Entonces yo le dije que, si iba a un sitio y no terminaba con el problema en menos de dos semanas, me reemplazaría otro y él me dijo que eso no era ni eficaz ni razonable. Así que lo dejé. ¿Quieres arroz?

–Ya me he servido. Richard, no te entiendo. Todavía no comprendo por qué has dejado tu trabajo.

–Bren, la última vez que me fui casi me volví loco. En lo único que podía pensar era en que tú estabas aquí, sola y embarazada, que yo no estaba contigo. Quiero estar aquí hasta que nuestra hija haya nacido, no quiero oír por teléfono que te estás poniendo hecha una foca, quiero verlo.

–Oh, muchas gracias –dijo ella riéndose, pero luego se puso seria–. Eso es muy dulce, Richard, ¿pero no crees que dejar tu trabajo es un paso demasiado drástico?

–No. Porque pretendo estar a tu lado los meses que quedan hasta que nazca nuestra hija. ¿Y luego? ¿Qué clase de padre sería si no estuviera nunca en casa? Seguramente tendría que presentarme a mi propia hija cada vez que volviera de un trabajo, o llevar una tarjeta con mi nombre o algo así.

—Eso sí que ha tenido gracia —dijo Brenda.

—No, Brenda, no tiene nada de gracioso. Voy a ser padre y eso es muy importante para mí. Quiero ser el mejor que pueda y no lo podría lograr si estoy a cientos o miles de kilómetros durante semanas. ¿Entiendes?

Brenda asintió.

—Sí, sí, lo entiendo. Y de verdad que respeto y admiro lo que me estás diciendo. ¿Pero no eres un poco joven para jubilarte?

—No estoy pensando pasarme el día sentado en casa o jugando al golf. Voy a empezar mi propia empresa de expertos en solucionar problemas informáticos. Yo me ocuparé de los trabajos cercanos y mi gente se ocupará de los que haya que viajar. Tengo bastantes ahorros, ya que he estado mucho tiempo fuera cobrando dietas y desplazamientos sin tiempo para gastar nada de dinero. Eso me servirá para pasar los meses que tarde en sacar adelante mi empresa. Ofreceré no solo solucionar problemas informáticos, sino también adaptar e instalar sistemas para empresas. Ya está. ¿Qué opinas?

—Yo creo... Creo que nuestra hija va a ser una chica con suerte por tenerte como padre, Richard. Creo que eres maravilloso por ponerla a ella antes que a nada y...

–Tú también vas antes que nada, lo mismo que yo. Lo que quiero decir es que te mereces algo mejor que llevar este embarazo sola mientras yo ando por ahí. Ni tampoco deberías cuidar de la niña tú sola mientras yo no estoy. Tú eres tan importante como ella, Bren. Y el caso es que yo también lo soy. He tomado esta decisión teniendo en cuenta también mis necesidades. Quiero tener la posibilidad de verte todos los días, cada uno de ellos, verte engordar con nuestra hija, estar aquí cuando nazca y formar parte de cada paso de su vida. He dejado mi trabajo por todos nosotros, por nuestra familia, que somos tú, yo, y nuestra hija, la nueva MacAllister.

–Ohhh –exclamó Brenda–. Ohhh...

–Ooops. Aquí vamos de nuevo –dijo Richard y sacó un pañuelo para que ella se enjugara las lágrimas–. Menos mal que mi familia siempre me regala varios paquetes de pañuelos por Navidad. Tengo un buen montón.

–Que se está reduciendo –afirmó ella mientras se sonaba la nariz–. Las lavadoras consideran tus pañuelos una delicia de gourmet y se los tragan encantadas.

–Eso es otra cosa de la que me gustaría hablar contigo.

–¿De qué? ¿De que tengo que comprarte varios miles de pañuelos?

–No. Me quedan muchos. Estoy hablando de que no quiero que vuelvas a hacer la colada. Es un trabajo manual y no deberías hacerlo. La haré yo de ahora en adelante. Si no tengo tiempo de usar las lavadoras del edificio, mandaré la ropa a la lavandería. El caso es que no te tienes que preocupar por ello.

—Ohhh.

Brenda volvió a sonarse la nariz.

—Estoy esperando a que reacciones a que llamemos MacAllister a nuestra hija. Te pedí que pesaras acerca de que llevara mi apellido, ¿recuerdas? Y no hemos hablado de ello desde que volví de Dallas. ¿Lo has pensado?

—Sí, lo he hecho, pero no veo ninguna solución. Si la niña es una MacAllister y tú también, yo me sentiría... Oh, no lo sé, Richard, como fuera o algo así.

Richard pensó que no se sentiría así si se casaran y así ella fuera también una MacAllister. Se obligó a mantener la boca cerrada a ese respecto para no presionarla. Si lo hacía, ella era más que capaz de agarrarlo de la oreja y sacarlo de su casa a rastras, por mucho que en su propia casa estuviera teniendo lugar una imaginaria batalla química sin precedentes contra unas hormigas feroces.

No, cada vez que le hablaba de matrimonio, ella se ponía furiosa, así que lo mejor que podía hacer era seguir como estaban, viviendo juntos, haciéndola ver que aquello podía tener perfectamente un futuro.

Pero lo cierto era que sus noches eran una agonía. No solo el sofá era realmente incómodo, sino que no paraba de tener sueños eróticos con ella cada vez que lograba dormirse.

Estaba necesitando de toda su fuerza de voluntad para no levantarse en mitad de la noche, meterse en su cama y atontarla a besos. La noche que habían hecho el amor fue tan fantástica...

–¿Richard?

–¿Qué? –respondió él gritando.

–¿Por qué gritas?

–Lo siento, tenía la cabeza en otra parte. ¿Dónde estábamos?

–Hablando de nuestra hija, la nueva chica MacAllister.

–Oh, sí. Bueno, lo podemos dejar por el momento, ya que aún no tenemos una solución a mano. ¿Qué te parece?

–Bien. Ah, te he comprado un regalo. Lo vi y pensé que tú y... Espera, ahora vuelvo.

Cuando Brenda salió del dormitorio, lo hizo sonriendo y con una bolsa que le dio a Richard. Se sentó de nuevo y lo miró sin dejar de sonreír.

–Ábrelo.

Richard lo hizo y sacó un libro.

–Vaya, un libro titulado *Vas a ser padre*. Gracias, Brenda, lo leeré con ganas. ¿Pensaste en mí cuando lo viste?

–Bueno, sí.

–Interesante –dijo él y tomó a su vez un paquete que había dejado sobre la mesa–. Esto es para ti. Lo vi y pensé en ti.

Brenda sacó el libro que también había dentro y se quedó pasmada.

–Oh, cielos. Me has comprado *Vas a ser madre* –dijo abrazando el libro–. ¿No es curioso, Richard? El que hayamos elegido estos libros el uno para el otro. ¿No te parece ... extraño?

–No estoy seguro. Espera un momento. Una vez estábamos charlando Jack y yo y él me habló de un amigo suyo, Brandon, que vivía en Prescott, Arizona. Brandon le había contado una historia acerca de su relación con Andrea, la mujer con la que se casó. Tuvieron una niña en primavera, ¿recuerdas?

–Ah, sí. Brandon entraba en la apuesta de los niños de los MacAllister porque es muy buen amigo de Jack. Dijo al principio que tendrían una niña y la tuvieron, por supuesto. ¿Qué tiene eso que ver con estos libros?

–Bueno, por lo que Brandon le dijo a Jack y Jack me dijo a mí, tuvieron que resolver muchos problemas antes de poder casarse. De cualquier manera, unas navidades estaban juntos y, resultó que se hicieron el mismo regalo el uno al otro. Una de esas bolas de cristal con una casa sobre la que nieva cuando se le da la vuelta.

–¿No tenían ni idea de que se iban a regalar lo mismo?

–No. Brandon tiene esas magníficas tías abuelas, Prudence y Charity, que le dijeron que esos regalos iguales significaban que estaban enamorados, que era como si estuviera grabado en la piedra. Eso significaban esos regalos iguales, Bren, que eran... almas gemelas.

Brenda dejó su libro rápidamente sobre la mesa como si le quemara. Luego, se quedó mirándolo con los ojos muy abiertos y el corazón acelerado.

–Es... Es una historia muy romántica –dijo nerviosamente–. Pero es solo eso, una historia.

–Era cierto. Ahora Brandon y Andrea están felizmente casados y han empezado su familia. Era cierto, Bren.

Brenda se agarró al borde de la mesa y se inclinó hacia Richard.

–No tiene nada que ver con nosotros, Richard. Nosotros sabemos exactamente donde estamos en la vida emocional del otro. Somos los mejores amigos. Este libro que nos hemos regalado el uno al otro es una coincidencia, eso es todo.

–Brenda, vamos, dame un respiro. En esa tienda había un par de cientos de libros sobre el mismo tema para elegir. Eso significa algo y creo que deberíamos pensarlo. Por lo que dijeron las tías Prudence y Charity, tú y yo estamos...

–No –exclamó ella dando un golpe en la mesa con la palma de la mano–. Tú me quieres, Richard, pero no estás enamorado de mí, crea lo que crea tu tía Margaret. Todas estas atenciones no son para mí, sino por la criatura que llevo en mis entrañas. Lo sé. Y tú también lo sabes. La gente que está enamorada sabe que lo está, por Dios.

–¿Mi tía Margaret está convencida de que estoy enamorado de ti?

–Bueno, sí, yo traté de decirle que estaba equivocada, pero ella me dijo que lo podía ver en tus famosos ojos de MacAllister o lo que sea, y no me hizo caso cuando... Oh, olvídalo. Tú no estás enamorado de mí.

–¿Oh? ¿Y cómo sabe uno cuando está enamorado? Dímelo tú, oh sabia y experimentada Brenda.

–No voy a tener de nuevo esta conversación, Richard.

–¿Por qué no?

Brenda agitó la cabeza y siguió masticando.

–Tú dices que sabes que yo no estoy enamorado de ti –continuó Richard–. Pero no te he oído decir que estás segura de que tú no estás enamorada de mí.

–Es cuestión de semántica. Quiero decir que los dos sabemos que no estamos enamorados el uno del otro. Fin. Y ahora cambia de conversación. Come. Ve a ver cómo está tu casa. Yo ya tengo bastantes problemas encima como para que me metas más cosas en el cerebro.

–Pero Bren...

–No.

Brenda dejó el tenedor en el plato, se puso en pie y se cruzó de brazos.

–Voy a tener un hijo, Richard, y a veces

tengo miedo porque no sé si voy a ser una buena madre, aunque lo quiera ser con todas mis ganas. Y hoy les he escrito una larga carta a mis padre en la que les digo que estoy embarazada y sé que ellos me apoyarán, pero aún así, hay una vocecilla en mi interior que me dice que temo que se sientan decepcionados conmigo por no estar casada y...

–Brenda –dijo él poniéndose también en pie.

–Quédate donde estás y escucha.

–Sí –dijo él levantando las manos–. De acuerdo, no me moveré.

–Gracias. A veces me siento muy cansada, Richard. Y cuando pienso en el futuro como madre trabajadora... Oh, sí, mi trabajo. Hoy les he dicho a la gente que estoy embarazada y todos se han deshecho en sonrisas y enhorabuenas, pero yo podía ver las preguntas no formuladas en sus rostros acerca de quién es el padre y por qué no me voy a casar con él y... Sería mucho más fácil engañarme a mí misma diciéndome que estoy enamorada de ti, casarnos, comprar una casa y tú estarías allí para ayudarme todo el tiempo y yo no me sentiría sola y atemorizada y...

–Ah, Bren –dijo él pasándose una mano por el cabello.

–Hay veces, Richard, que tengo miedo de mí misma. De mí. ¿Y si lo hiciera? ¿Y se me convenciera a mí misma de que estoy enamorada de ti y, de alguna manera, encontrara la forma de lavarte el cerebro y convencerte de que tú lo estás de mí, cuando los dos sabemos que no es así porque somos los mejores amigos del mundo? ¿Qué pasaría entonces? ¿Y si yo hiciera algo tan terrible solo porque estoy preocupada? Arruinaría nuestras vidas y la de nuestra hija. Tú y yo estaríamos juntos por unas premisas falsas. Oh, nos podría ir bien unos años, mientras nuestra hija creciera y estuviéramos centrados en ella. Pero cuando se fuera de casa para seguir su propio camino, ¿qué pasaría? Tú y yo nos miraríamos y nos preguntaríamos qué habíamos hecho. Incluso podríamos llegar a odiarnos porque no nos quedaría nada que perseguir.

Las lágrimas le corrieron a Brenda por las mejillas y continuó hablando.

—No nos quedaría nada y yo habría perdido a mi mejor amigo.

Luego se tapó la cara con las manos y dio rienda suelta a las lágrimas.

Richard se acercó y la abrazó apoyando la cara en el sedoso cabello de ella. Luego levantó la cabeza y suspiró mientras ella trataba de dejar de llorar.

—Tienes razón, Brenda. Al final tendríamos que pagarlo si tratáramos de basar nuestro matrimonio solo en la amistad. Lo cierto es que yo había pensado que nos iría bien si... Pero estaba equivocado. Lo puedo ver ahora. No funcionaría. No estamos enamorados y, como no lo estamos, no es suficiente. Tía Margaret se equivocó con lo que viera en mis ojos de MacAllister, y solo fue una casualidad que compráramos esos libros... Y no hay hormigas.

Brenda levantó la cabeza y lo miró confundida.

—¿Qué pasa con las hormigas?

—Que me las inventé yo, Bren —dijo él sin soltarla—. Creí de verdad que, si te demostraba que podíamos vivir bien bajo el mismo techo, vivir juntos, tú te darías cuenta de que era suficiente para basar en ello un matrimonio como buenos amigos que han aprendido a llegar a un compromiso sobre nuestras diferencias.

—¿Me mentiste acerca de las hormigas? ¿No hay hormigas en tu casa?

—No. He visto un pulgón en una de mis plantas, pero no hay hormigas. Lamento haberte mentido, Brenda, y espero que me perdones por haberlo hecho, pero realmente creía que estaba en el buen camino y... Pero no lo estaba. Estaba muy, muy equivocado. La amistad no es bastante para un matrimonio.

—No, no lo es —susurró ella—. Y sí, te perdono por esa mentira. Realmente ha sido muy dulce por tu parte, Richard, ya que has tenido que dormir en el sofá para conseguir lo que pensabas que era lo mejor para nosotros y nuestra hija Tu plan no ha sido un completo desperdicio. Ahora cuelgo mi ropa en el armario y ordeno mis zapatos todos los días, y no he perdido ni una lista de lo que se supone que tengo que hacer. Ahora que conozco las reglas del juego, me gusta el béisbol y hemos bailado el vals en el salón y tú has practicado el baile de dos pasos con música country. Nunca me quedaré sin leche y te voy a echar de menos cuando me acueste por las noches sabiendo que no estás aquí y... Me siento tan triste que me quiero poner mi bata verde durante toda una semana sin parar.

Richard le abarcó el rostro con las manos.

–Ah, Bren. ¿Por qué tiene que ser todo tan complicado para nosotros?

–No lo sé, Richard, pero la cosa es así.

Él le dio un beso en la frente y fue a retirar las manos de su rostro, pero ella le agarró las muñecas y lo miró a los ojos.

–Haz el amor conmigo, Richard, por favor. Estuvimos juntos una noche y, en mi mente le pertenece a nuestra hija, ya que la creamos entonces. Quiero recuerdos de hacer el amor que sean míos, solo míos, y tuyos, si los quieres. ¿Te estoy pidiendo demasiado?

–No, Bren, no lo estás haciendo –dijo él rozándole los labios con los suyos–. El Bombazo tuvo su noche. Esta es nuestra, tuya y mía.

Sus labios se unieron como si se fundieran y sus corazones aceleraron el ritmo mientras el calor del deseo los recorría.

Richard interrumpió el beso y la tomó en sus brazos. La llevó al dormitorio y allí la dejó sobre los pies. Luego, encendió la lámpara de la mesilla de noche y abrió la cama.

Una sensación de urgencia los sofocó de repente. Era como si no tuvieran tiempo. Se desnudaron rápidamente y se metieron en la cama. Richard se apoyó entonces en un antebrazo mientras le ponía la otra mano en el vientre a ella.

–¿Estás segura de que no le haremos daño? –preguntó con la voz llena de pasión.

–Estará bien. Es nuestra noche, Richard.

–Sí.

Entonces él la volvió a besar, introduciéndole la lengua en las dulces profundidades de su boca. Ella le acarició el cabello y le devolvió el beso dando tanto como estaba recibiendo.

Richard terminó el beso y acercó los labios a uno de sus senos, que estaba más lleno por el embarazo, más lujurioso y femenino, mientras ella le acariciaba la espalda.

No pensaron en nada, ese momento era suyo y solo suyo.

Las llamas del deseo se incrementaron en sus interiores.

–Bren –dijo él.

–Sí. Oh, sí, Richard.

Él la penetró lentamente, conteniéndose, con mucho cuidado, hasta que ella apoyó la cabeza en la almohada, deseando y necesitando más, todo él. Levantó las caderas y él la llenó mientras ella suspiraba de placer.

Se movieron con un ritmo perfecto. No era ni un vals de Strauss ni una danza texana, era un baile que crearon para ellos mismos, juntos. Estaban atrapados en el torbellino de deseo, cada vez más alto, con la música sonando solo en sus oídos.

Retumbaba. Más alta, más caliente, más rápida, llevándolos hasta la explosión final a la que llegaron gritando el nombre del otro.

Luego se fueron relajando, la música se hizo más soñadora, más tranquila y serena.

Richard se apartó de Brenda y la abrazó.

Los corazones se fueron tranquilizando, los cuerpos se enfriaron. La realidad se impuso.

Sin decirse nada y sabiendo que era lo que tenía que hacer, Richard se levantó de la cama, recogió sus ropas y se marchó.

Y cuando la puerta de la calle se cerró tras él, Brenda lloró por todo lo que podía haber sido, pero nunca lo sería.

Capítulo Diez

Los días se hicieron semanas y luego meses. El tiempo pasaba tan rápidamente que Brenda pensaba en ocasiones que iba a dar a luz antes de que ella estuviera preparada para ello. Esos momentos de pánico le entraban normalmente cuando estaba muy cansada, pero siempre estaba Richard para animarla y consolarla, para mostrarle las muchas cosas por las que ya habían pasado y decirle que todo estaba bajo control.

Sus padres la llamaron desde Grecia nada más recibir la carta. Se mostraron muy comprensivos y la apoyaron en todo, además de mostrarse muy excitados ante la perspectiva de ser abuelos; se ofrecieron a volver inmediatamente para estar con ella durante el resto de los meses de su embarazo.

Ella les aseguró que no era necesario. Se sentía bien, gorda pero bien, rodeada de toda la familia MacAllister, que se estaba portando maravillosamente con ella.

En la carta les había dicho que no se iba a casar con el padre y, durante la conversación telefónica sus padres no le preguntaron nada ni ella les dijo el nombre de él.

Richard y Jack pintaron la segunda habitación de su casa de un color amarillo pálido que ella había elegido para la habitación del recién nacido y entre todos la prepararon para ello.

Richard también le pidió que lo ayudara a decorar la oficina que había alquilado como sede de su negocio, Servicio Técnico MacAllister.

Ella lo llevó de tienda en tienda para elegir el mobiliario perfecto para la zona de recepción y también le dijo que él tenía que tener una mesa de despacho impresionante para destacar la importancia del dueño de la empresa.

Richard se fue una semana al norte de California para hablar con varios proveedores de componentes de ordenador y, finalmente, llegó a un acuerdo con uno de ellos que se comprometió a suministrarle el equipo que pensaba que iba a necesitar.

También estuvo muy ocupado entrevistando y contratando al personal de su empresa.

La cena del Día de Acción de Gracias la celebraron en casa de Jillian y Forrest. Fue un día divertido para todos. La gran casa estaba llena de adultos y niños.

Excepto algunos gestos significativos por parte de Margaret, nadie se comportó con Brenda de otra forma que no fuera la habitual ni dijeron nada de que ella y Richard hubieran llegado juntos. Después de todo siempre habían ido juntos a las festividades familiares, pensó ella.

Los días pasaron volando.

Pero las noches no.

Durante las horas de oscuridad, Brenda no podía dejar de recordar la noche en que hicieron el amor. Primero, el deseo se apoderaba de ella, pero luego lo hacía una enorme sensación de soledad.

Durante la primera semana de diciembre, Brenda fue a ver a Kara a la consulta. Después de que la examinara, Brenda se sentó delante de ella en la consulta y suspiró.

–Kara, me quedan dos meses y me siento como si fuera a explotar en cualquier momento. Estoy enorme.

–Mmm –dijo Kara mientras escribía unas notas.

Luego, entrelazó los dedos y frunció el ceño.

–Tienes de nuevo alta la tensión arterial, Brenda. ¿Estás segura de que no te estás pasando con la sal en tu dieta?

–Te prometo que no. Todo me parece insípido y no me había dado cuenta de la cantidad de sabor que le da la sal a los alimentos hasta que tuve que dejar de tomarla.

–Bueno, llegan las vacaciones y, con ellas un montón de tentaciones en lo que se refiere a las comidas. Tienes que poner un no automático a todo lo que lleve sal y, a las cosas horneadas. Tampoco me gusta la hinchazón de tus pies y tobillos. Tienes que bajar el ritmo, pasar más tiempo relajándote con los pies en alto.

Brenda abrió mucho los ojos.

–¿Bajar el ritmo? ¿Ahora? Estamos a punto de empezar la temporada de compras de navidades.

–Para eso están las compras por catálogo e internet, Brenda. Lo digo en serio. Llegas a casa del trabajo y sigues de pie. No vas a poder pasarte con las comidas ni hacer compras por las tiendas. ¿Me estás oyendo?

–Sí –dijo Brenda–. Kara, no estás sonriendo. Ni siquiera un poco. ¿Pasa algo? ¿A mí? ¿A mi hija?

–Estoy un poco preocupada. Ya se ha empezado a girar y a bajar un poco y es muy pronto para eso. No quiero que hagas nada que pueda provocar un parto prematuro. Vas a empezar a pasarte por aquí cada semana para tenerte controlada de cerca. Seguramente des a luz a primeros de febrero, pero vamos a no correr ningún riesgo.

–Me estás asustando, Kara.

–Lo siento, pero tienes que oír esto. Si en algún momento no me gusta lo que veo, voy a tener que ordenarte un descanso completo y en la cama. Eso no es necesario todavía, pero no te sorprendas si dentro de poco te digo que trabajes solo medio día en la agencia. Prefiero pasarme de precavida, Brenda, a que des a luz antes de tiempo.

–Sí. Sí, por supuesto. Entiendo.

–Como Richard ya no está viajando tanto como antes y es tu vecino, debería poder ayudarte, ¿no?

–Dedica muchas horas a su nueva empresa. Está preparando la campaña publicitaria, llamando a los posibles clientes y entrevistando al personal...

–Vaya –dijo Kara levantando una mano–. Richard MacAllister también va a ser padre y eso conlleva unas responsabilidades. ¿Quieres que hable yo con él y le diga que te tiene que hacer la comida y demás?

–No, no. Se lo diré yo. Él quiere a este hijo tanto como yo, Kara. Hará lo que sea por mí. Por nosotros. Sé que lo hará. Después de todo, es mi...

–Sí, ya lo sé. Es tu mejor amigo. ¿Sabías que las trillizas le preguntaron a Jillian y Forrest por qué ellas, las niñas, no habían sido invitadas a la boda de la tía Brenda y el tío Richard?

–¿Qué boda? ¿No ha habido ninguna?

–Las niñas estaban convencidas de que la había habido y se sentían dolidas por no haber sido invitadas. Jessica dijo que estaba segura de que la había habido porque os miráis con la misma cara que ponen sus padres. Eso lo dijeron después de veros el Día de Acción de Gracias.

–Oh. ¿No son una monada? Por supuesto que malinterpretaron lo que estaban viendo, pero es comprensible. Solo tienen seis años. ¿Qué saben ellas del amor, de estar enamoradas y... ?

–¿Y qué sabes tú de eso?

–Bueno, admito que no soy una experta, pero ciertamente conozco la diferencia entre amar a alguien como el mejor amigo y estar enamorada de la persona que es tu alma gemela. Sí, lo sé sin duda. Esas dos clases de amor no son lo mismo.

–Mmm –dijo Kara–. En la sala de exámenes me dijiste que estabas preocupada porque Richard estaba trabajando mucho tratando de hacer despegar su nueva empresa.

–Y así es, Kara. Está trabajando mucho, se olvida de comer y tiene ojeras. Parece agotado. Aunque está contento y muy excitado por esa nueva aventura, lo que merece la pena, pero me gustaría que se cuidara más.

–Y también estás segura de que él responderá enseguida cuando le digas que te he ordenado que bajes el ritmo y te tomes las cosas con calma, ¿no?

–Sé que lo hará, porque ama a este niño –dijo Brenda tocándose la barriga.

–Por Dios, Bren, ¿y no se te ha ocurrido que Richard te ama, que está enamorado de ti, y que no solo está centrado en la criatura que llevas en las entrañas? ¿No se te ha ocurrido que tú también estás enamorada de él y que no te has dado cuenta?

–Las cosas no son así entre Richard y yo. No lo son, Kara. Y no soy yo sola la que lo piensa. Richard y yo hemos hablado de esto largo y tendido y estamos completamente de acuerdo. Ser los mejores amigos no es base suficiente para el matrimonio y no estamos enamorados, así que...

—Bueno, la familia MacAllister vota por todo lo contrario —dijo Kara cruzándose de brazos—. Y a nadie le cabe la menor duda de que Richard es el padre. Oh, no te preocupes, nadie va a ponerse a cotillear sobre ello, pero la familia cree de verdad que Richard y tú estáis enamorados el uno del otro, pero que sois demasiado tontos como para ver lo que tenéis delante de las narices.

—Bueno, eso no es muy educado. No es nada amable llamarnos tontos. No me sorprende que todo el mundo se haya imaginado que Richard es el padre, aunque nadie haya dicho nada al respecto, pero vosotros no entendéis el concepto de ser los mejores amigos sin enamorarse porque ninguno habéis estado en el lugar emocional en que estamos Richard y yo.

—¿Y un montón de personas, toda una familia que os quiere está equivocada?

—Eso es. Se equivocan, Kara.

Brenda se levantó entonces.

—Tengo que irme. Voy a almorzar con Richard y le contaré lo que me has dicho. Estoy segura de que tienes que ver a otros pacientes. Hasta luego, Kara.

—Que te apunten para la semana que viene, Bren. Y nada de sal, y pon en alto los pies todo lo que puedas, y...

—Sí, sí. Lo he memorizado todo —dijo Brenda sonriendo y dándose una leve palmada en la barriga–. Vamos, chica. Tenemos una cita para almorzar con tu papá.

Richard estaba sentado en una mesa en la terraza del restaurante donde había quedado con Brenda, sumido en sus pensamientos.

Levantó la vista y vio a Brenda cuando entró en el local. Se puso en pie y le hizo un gesto con la mano, la vio sonreír de una forma que le iluminó el rostro y empezó a dirigirse hacia donde él estaba.

Pensó entonces que era preciosa. Era el ejemplo de una mujer, la esencia de la femineidad y llevaba un milagro en su interior. Una niña. Su niña. La hija de los dos.

Se alegraba mucho de verla.

Se apresuró a reunirse con ella.

–Hola –dijo ella cuando se reunieron–. Espero no haberte hecho esperar mucho, el tráfico estaba fatal. Supongo que ya ha empezado la locura de las navidades.

Richard le puso una mano en la mejilla y la miró a los ojos.

–Brenda, yo... Solo quería decirte que... Que eres la mujer más hermosa que he visto en mi vida. De verdad, Bren. Sé que crees que estás gorda y fea, pero no es así. Eres exquisita.

Entonces, le dio un beso en la frente.

–Eres preciosa –repitió–. Ven a sentarte. Tengo una mesa al sol para ti, pero si tienes frío, solo dilo y almorzaremos dentro.

–Oh, no, se está muy bien aquí fuera.

Cuando se hubieron sentado, Brenda añadió:

–Se está muy bien al sol. ¿Qué has hecho hoy para que lleves el traje de los negocios?

Richard se rio.

–He tenido una reunión con un banquero para abrir una línea de crédito para mi empresa.

–¿Y?

–Ha sido fácil. He firmado los papeles y está hecho.

–Oh, Richard, eso es maravilloso. Todo esto es muy excitante. A este paso, tu hijo, tu empresa, va a nacer antes que el mío.

Richard frunció el ceño.

–Los dos son nuestros, Brenda. Lo sabes, ¿no?

–Bueno, sí, de acuerdo. No he querido molestarte, Richard. ¿Estás bien? Pareces cansado y me preocupa que te estés exigiendo demasiado.

–Estoy bien. ¿Estás preocupada por mí? Nos estamos concentrando en ti y en lo que llevas en las entrañas.

–Tú eres tan importante como yo, Richard. Y como el Bombazo. Estamos juntos en esto.

«Juntos», pensó él. «No, no tanto. Cerca, pero no tanto».

La camarera se les acercó entonces y les llevó los menús.

–Yo tengo que pedir algo que no tenga nada

141

de sal –dijo Brenda–. Kara está un poco preocupada por mi tensión arterial y por la hinchazón de mis pies y... Ni siquiera voy a poder ir de compras esta Navidad porque me ha dicho que tengo que dejar de estar de pie tanto tiempo, así que he de hacer las compras por correo. Y también ha insistido en que no trabaje tanto en la agencia, pero eso todavía no es seguro. Y cuando vuelva a casa no tengo que hacer la comida ni limpiar ni nada. Se supone que he de quedarme sentada con los pies en alto. Lo he llevado muy bien hasta que te he visto, pero ahora estoy asustada. No quiero que nada le vaya a pasar a nuestro hijo.

Richard se estremeció, extendió las manos y tomó las de ella por encima de la mesa.

–Escucha –dijo–. Todo va a ir bien. Seguiremos las instrucciones de Kara al pie de la letra, haremos todo lo que diga. No me gusta nada verte tan preocupada, tan asustada, Bren. No estás sola, estoy aquí contigo y siempre lo estaré. Verás como todo va a ir bien. Lo haremos juntos...

–Sí –respondió ella sonriendo débilmente–. Sí, juntos. Todo irá bien... Siempre que estemos juntos.

Capítulo Once

Richard abrió la puerta de la casa de Brenda, dudó y la volvió a cerrar de nuevo. Se acercó al sofá donde estaba Brenda con los pies sobre la mesita de café.

—¿Estás segura de que no quieres que le diga a alguien de mi familia que se quede contigo mientras yo estoy fuera?

Brenda le sonrió.

—Richard, estaré perfectamente aquí sola. Estoy siguiendo las indicaciones de Kara al pie de la letra, ¿no? Mañana es la víspera de Navidad y la agencia está cerrada, así que me quedaré aquí sentada vagueando. Y tú volverás pasado mañana por la tarde, ¿no es así?

—Cierto. Me gustaría que tus padres llegaran hoy de Grecia en vez de mañana.

—No han conseguido billete para antes. Lo dejaron para demasiado tarde y... Deberían ser tan organizados como su hija. Y ahora date prisa, que vas a perder el avión. Y si lo haces, llegarás tarde a San Francisco y la reunión con el genio de la informática que quieres que trabaje contigo. Solo va a estar unas horas en el aeropuerto entre vuelos antes de volverse a su casa a pasar las navidades.

–Sí, bueno, es por las navidades por lo que no he podido conseguir un vuelo de vuelta hasta mañana por la tarde. No, no necesito tanto a ese tipo. No me voy. De eso nada.

–Oh, Cielo santo. Te prometo que no me moveré apenas mientras tú no estés. Tengo videos y revistas para seis meses y el frigorífico está lleno a rebosar. Richard, de verdad que te agradezco tu preocupación, pero voy a estar bien. Ahora vete de una vez.

–Bueno...

–Me voy a quedar aquí mirando tu bonito árbol de Navidad. A nuestra hija le va a encantar cuando le contemos cómo lo decoraste conmigo dándote instrucciones desde el sofá. Y cuando le contemos también que, cuando pusiste el ángel de la punta, dijiste que querías que la llamáramos a ella Angela porque va a ser nuestro pequeño ángel. Ohhh, eso es tan dulce...

Richard se rió.

–Y te pones llorosa cada vez que lo recuerdas. De acuerdo, Bren, iré a ver a ese tipo, pero llámame si pasa algo.

Se inclinó y le dio un beso en la frente y una palmadita en la barriga.

–Hasta luego, Angela Jane. Sé una buena chica con tu madre.

–A mi madre le va a encantar cuando sepa que la vamos a llamar también Jane por ella.

–Me sorprendió que se mostrara tan encantada cuando le dijiste por fin que yo soy el padre. ¿De verdad que te dijo que yo siempre les he caído bien a tu padre y a ella? ¿Que creen que seré un buen padre?

–Sí. Adiós, Richard.

Él se dejó caer a su lado en el sofá y la miró a los ojos.

–Pensaré en ti y en Angela. Cuídate, Bren.

–Lo haré, No te preocupes..

–Me voy. Te llamaré esta noche desde el hotel.

–Adiós.

Esa noche, más tarde, Brenda sonrió cuando colgó el teléfono después de una larga conversación con Richard. Apagó la luz de la mesilla de noche y se colocó en una posición cómoda.

Richard le había parecido muy contento, ya que el hombre con el que había hablado iba a hacerlo con su mujer para irse a vivir a Ventura, algo que estaba seguro que ella aceptaría ya que estaban más que hartos de los inviernos de Minnesota.

Él le había contado también algunas de las tonterías que circulaban por San Francisco, tales como que una pelota de golf reglamentaria tiene 336 muescas.

Brenda bostezó y luego se quedó profundamente dormida.

Tres horas más tarde, Brenda abrió los ojos y se preguntó por qué se había despertado. Al momento siguiente notó un agudo dolor.

Cuando cesó, respiró para ver si su corazón se tranquilizaba un poco.

Lo que fuera ya había pasado. Ahora podría volverse a dormir y...

—¡Oh! —Exclamó cuando el dolor volvió.

Se agarró a las sábanas hasta que se le pasó. Cuando se levantó de la cama, una oleada de líquido le empapó el camisón y la alfombra.

—Oh, cielos, no —dijo con voz temblorosa—. He roto aguas. Angela, no. Todavía no, chica. Es demasiado pronto. No puedes llegar aún. Richard. Oh, cielos, Richard. Te necesito. Por favor, Richard.

Trató de calmarse y encendió la luz.

Se sentó en la cama, tomó su agenda y el teléfono y marcó con mano temblorosa.

—Doctora MacAllister —dijo la voz soñolienta de Kara.

—¿Kara? Soy Brenda. He roto aguas y tengo dolores y es demasiado pronto para que nazca Angela...

—Tranquila, tranquila. Que Richard te lleve inmediatamente al hospital. Yo me reuniré allí con vosotros.

—No está aquí. Ha tenido que irse a San Francisco y... No está aquí, Kara.

—Maldita sea. Muy bien, que no te entre el pánico, ¿de acuerdo? Voy a mandarte una ambulancia. Es lo más seguro. Abre la puerta para que puedan entrar en tu casa. No te molestes en vestirte, solo ponte un camisón limpio. ¿Me sigues?

–Dejar abierta la puerta. Ponerme un camisón limpio... ¿Y mi hija? Se suponía que no tenía que nacer todavía, Kara.

–Está claro que no se ha querido perder estas fiestas. No te preocupes, voy a hacer que tengas el equipo de apoyo listo, Brenda. Angela tendrá los mejores cuidados posibles, te lo prometo. Y ahora cuelga para que podamos poner en marcha la función.

–Yo... sí. Adiós.

Brenda colgó y se rodeó el vientre con los brazos cuando tuvo otra contracción. Cuando se le pasó, llamó a Richard.

–¿Qué pasa? –dijo él al otro lado de la línea.

–¿Richard? Oh, cielos, Richard, la niña está llegando –dijo y se le escapó un gemido–. He roto aguas y Kara me va a mandar una ambulancia. Tengo miedo porque Angela llega demasiado pronto. Todavía no es el momento, Richard, será muy pequeña y...

–Brenda, ¿estás segura de...? Ah, maldita sea, claro que lo estás. Has roto aguas. Voy ahora mismo, como sea. Conseguiré un avión, aunque lo tenga que secuestrar. Oh, cielos, Bren, siento mucho no estar contigo. Estaré allí tan pronto como pueda y Angela estará bien. Ya lo verás. Te amo, Brenda, con toda mi alma y mi corazón.

–Y yo también te amo a ti, Richard –respondió ella llorando ya a lágrima viva–. Te amo mucho. Te necesito aquí conmigo porque eres mi alma gemela y esta es nuestra hija y... Date prisa, Richard, por favor.

–Sí –respondió él y colgó.

–Tu padre vuelve a casa –le dijo ella a su barriga–. Está de camino para ayudarnos, Angela. Tengo que abrir la puerta. Ponerme un camisón limpio. Lo puedo hacer. Y Richard estará aquí pronto.

Cuatro horas más tarde, Richard salió a toda prisa del ascensor de la planta de maternidad del hospital y corrió hacia el mostrador de las enfermeras.

–Soy Brenda –dijo sin respiración–. No, no es eso. Soy Richard MacAllister y estoy aquí. Lo he logrado. He contratado un avión y... ¿Dónde está Brenda? Tengo que estar con ella, hacerla saber que estoy aquí. ¿Dónde la han puesto?

La enfermera sonrió.

–Tranquilo, papá, o terminará también en una cama del hospital.

Luego miró sus papeles y dijo:

–No tenemos a ninguna Brenda MacAllister.

–No, no. Es Brenda Henderson. Mi hermana es su médico. Kara MacAllister.

–Ah, sí. Brenda Henderson. Aquí está. Si va a la sala de espera de por allí, le informaré a la doctora MacAllister de que está aquí.

–Pero... De acuerdo, de acuerdo, pero dese prisa, ¿quiere? ¿Por favor?

–Sí, me daré prisa –dijo la enfermera señalándole la sala de espera–. Váyase.

Richard se volvió y se dirigió a donde le habían indicado. Cuando entró, se quedó pasmado.

Estaban todos allí. Los MacAllister. Un representante de cada familia, además de sus padres, tía Margaret y tío Robert.

Agitó la cabeza y fue incapaz de hablar por un momento. Su madre se le acercó y le dio un abrazo.

–Lo has logrado, hijo –dijo–. Es maravilloso y significará mucho para Brenda.

–¿Sabéis algo? ¿Qué está pasando? ¿Cómo está Brenda? ¿Dónde está? Maldita sea, no debí haberla dejado sola. Está tan asustada... Y la niña. Es demasiado pronto para que nazca. Será demasiado pequeña y...

–Vaya, hermano –dijo Jack acercándose–. Tómatelo con calma, Richard. No le harás ningún bien a Brenda si te desmayas. Kara ha estado aquí hace un momento y ha dicho que todo va bien, que no hay complicaciones.

–Pero...

–¿Richard MacAllister? –Preguntó una enfermera desde la puerta.

–¡Soy yo! –gritó él.

La enfermera le ofreció una bata verde.

–No hay tiempo para que se ponga todo el equipo. Póngase esto y sígame a la sala de partos. Le faltan unas dos contracciones para ser padre.

–¡Oh, cielos! –susurró él.

–Muévete –dijo Jack y lo empujó por la espalda.

Todo fue muy confuso. Richard fue vagamente consciente de ponerse la bata, de seguir a la enfermera y de entrar en la sala de partos. Alguien le puso una mano en el hombro y lo hizo sentarse en un taburete, parpadeó y se encontró mirando a Brenda.

—¿Bren?

Ella giró la cabeza.

—Oh, Richard. Richard, estás aquí.

Levantó una mano y él se la agarró con las dos.

—Me alegro de verte —añadió ella—. No me dejes, Richard, por favor.

—Nunca.

—Bienvenido a la fiesta, hermano mayor —dijo Kara desde el otro lado de la camilla—. Te ha faltado poco, pero lo has logrado.

—Ohhh —gimió Brenda y trató de sentarse.

—¿Bren? ¿Qué? ¿Qué?

—Sujétale la espalda, Richard —dijo Kara—. Muy bien, Brenda, así. Empuja ahora. Así. Un poco más. Ya, ya llega. ¡Sí!

Con un fluido movimiento, Kara dejó a la criatura llorosa sobre el vientre de Brenda.

—Oh, Richard. Mírala. Está aquí. Nuestra Angela. Nuestro milagro.

—Sí —dijo él sin tratar de contener las lágrimas—. Nuestra hija.

Luego, el personal del quirófano se puso en acción y apartaron a la criatura. Richard dejó que Brenda se recostara y le enjugó las lágrimas.

—Es tan pequeña —dijo Brenda—. Ha llegado demasiado pronto, Richard.

–Fantástico –dijo Kara–. Está en un peso normal. Lo has hecho muy bien, Brenda.

–¿Y Angela?

–Está perfectamente, pero ahora la vamos a examinar por completo. Estábamos preocupados por sus pulmones al ser prematura, pero por como ha llorado, yo diría que están bien. Te daremos un informe completo dentro de un rato.

–¿Cuánto tiempo? –preguntó Richard.

–Pronto. Richard, vete a contarle la noticia a la familia mientras terminamos aquí. Luego podrás estar un poco con Brenda en su habitación.

–¿Cuánto tiempo?

–Largo de aquí –dijo Kara riendo–. Dale un beso a Brenda y las gracias por una hija tan preciosa. Luego te vas.

–Oh.

Richard le dio un beso en los labios a Brenda y le dijo:

–Gracias por una hija tan preciosa. Me voy.

Agitó la cabeza y añadió:

–No me siento muy bien.

–Mick –dijo Kara–. Creo que tenemos un padre que se nos va a desmayar aquí mismo.

Un hombre grande y fuerte atrapó a Richard justo cuando se desplomaba.

–¿Richard? –dijo Brenda incorporándose un poco.

Mick se echó a los hombros a Richard y lo sacó de la sala de partos.

–¡Richard! –gritó Brenda.

Kara se rió y la obligó a echarse de nuevo.

—Estará bien, Brenda. Su mayor problema será que va a tener que soportar esto toda su vida. El clan MacAllister no va a parar de mortificarlo por esto.

—Pobre Richard. Kara, ¿de verdad crees que Angela está bien?

—Pronto lo sabremos. Ahora relájate.

—¿Pero cómo de pronto? —susurró Brenda entre lágrimas.

Después de que Mick depositara a Richard en la sala de espera y la enfermera les dijera a todos que dejaran de hacer ruido con las risas causadas por la actuación de Richard, la familia se puso seria esperando tener información sobre la niña y la madre.

Por fin apareció Kara y le dijo a un pálido Richard que la siguiera.

Una vez en la habitación de Brenda, Kara les dijo que Angela Jane estaba perfectamente. La iban a tener en la incubadora durante un día como precaución. Les dijo también que, normalmente, los recién nacidos perdían peso al principio y que Angela podría irse a casa tan pronto como se hubiera estabilizado de nuevo su peso.

—¿Alguna pregunta? —añadió.

—No —dijo Brenda—. Muchas gracias, Kara.

—Iré a decírselo a la familia y los mandaré a todos a casa. Richard, tienes diez minutos, luego Brenda tendrá su bien ganado descanso.

Después de que Kara se marchara, Brenda empezó a pensar frenéticamente. Le había dicho a Richard que lo amaba y él que la amaba a ella... Y no era un amor de mejores amigos, sino amor, amor.

Seguramente habría sido porque los dos estaban muy asustados y era normal decir semejantes cosas en esas circunstancias, ¿no?

No. ¿A quién estaba engañando?

Ella amaba a Richard MacAllister. Estaba enamorada de él y ya era hora de que se diera cuenta de una vez. Lo amaba con todo su corazón. Su mejor amigo era su alma gemela, como habían tratado de explicarle los MacAllister.

Pero Richard no debía saber lo que sentía, eso lo arruinaría todo y sería un obstáculo para su amistad. Tendría que mantenerlo en el más absoluto secreto.

–Bren –dijo él entonces–. Tenemos que hablar de lo que nos hemos dicho por teléfono.

–Ah, eso –dijo ella agitando una mano en el aire–. ¿No fue una cursilería? Seguro que fue por el estrés. No lo pienses más, Richard. Yo no lo haré. Bueno, ha sido una noche muy larga y yo estoy agotada. Menos mal que Angela está bien. Apenas puedo esperar a tenerla en mis brazos y...

Entonces se le llenaron los ojos de lágrimas y añadió:

153

–Será mejor que te vayas.

Sus miradas se encontraron por primera vez desde que Kara los había dejado solos y en los ojos de él vio... ¿Qué? ¿Tristeza? ¿Dolor? No, seguro que solo era cansancio.

–Bueno –dijo él suspirando–. Sí. Si quieres que me vaya, me voy. Hemos tenido un bonito regalo de Navidad, ¿verdad? Angela Jane. Aunque todavía no hemos decidido nada sobre su apellido. Supongo que quieres que sea Henderson, ¿no? Buenas noches, Brenda.

Richard fue a salir de la habitación y a ella se le escaparon unas lágrimas.

–Quiero que su apellido sea MacAllister. Y el mío también. Quiero que todos seamos MacAllister, una familia. Te amo de verdad, Richard, pero tú solo me amas como tu mejor amiga y... ¡Aaaah!

Brenda se puso a llorar a lágrima viva y Richard volvió inmediatamente a su lado.

–Maldita sea, Brenda. No puedo llevar esto dentro de mí porque voy a explotar.

–¿De qué me estás hablando? –le preguntó ella con ojos muy abiertos.

–De que todo lo que te dije por teléfono era verdad –respondió él casi gritando–. No sé si entonces lo sabía, pero lo dije y luego, durante el vuelo de vuelta en la avioneta que he tenido que alquilar, lo pensé y... Resulta que te amo con toda mi alma. Eres mi mejor amiga y también mi alma gemela, mi otra mitad, la madre de mi hija y la mujer con la que quiero pasar el resto de mi vida. Estoy enamorado de ti, Bren y ruego porque esto no destruya nuestra amistad y que criemos juntos a Angela. Te pido disculpas por no atenerme al programa, pero... Buenas noches, Brenda.

Richard se alejó de nuevo y ya tenía la mano en el picaporte cuando ella le dijo entre lágrimas:

—Y yo te amo a ti, Richard MacAllister. Lo que te dije por teléfono era verdad también. Eres mi mejor amigo y siempre lo serás, pero también eres el hombre al que amo con todo mi corazón. Estoy enamorada de ti, Richard.

Richard se volvió lentamente y levantó un dedo.

—Dilo otra vez.

—Estoy enamorada de ti, Richard.

—Ah, Bren. ¿Significa eso que te casarás conmigo? ¿Que serás mi esposa? ¿Es así?

—Sí, sí, sí.

Richard se acercó de nuevo, le abarcó el rostro entre las manos y la besó.

Fue un beso de cariño, de amor, de compromiso... Y de amistad.

—Ooops, perdonad —dijo Kara cuando entró en la habitación—. He venido a sacarte de aquí, Richard. Tenía la sensación de que no te ibas a marchar al cabo de los diez minutos que te había dado. También os he traído una foto de Angela, dado que ella no os puede venir a visitar en este momento.

Hizo una pausa y añadió:

–¿Podrías respirar un poco y tomar esta foto?

Richard interrumpió el beso y tomó la foto sonriendo.

–Mira, Bren –dijo–. Aquí está. Pequeña pero perfecta. Nuestra hija.

–Es preciosa.

–Una cosa más –dijo Kara–. Me han pedido el apellido para su certificado de nacimiento.

–MacAllister –respondieron ambos al unísono.

–Muy bien –dijo Kara riendo–. Está bastante claro.

–Y estás invitada a la boda, hermanita.

–Ya lo sabía yo. Incluso me he comprado un vestido nuevo. Ya era hora de que os dierais cuenta. Muy bien Richard, voy a salir y te voy a esperar al otro lado de la puerta. Te queda exactamente un minuto para despedirte de Brenda.

Kara se marchó y Richard sonrió.

–Kara se equivoca –dijo–. Nos queda toda una vida para estar juntos, Bren.

–Sí. Tenemos toda la eternidad para estar juntos –respondió ella con el amor reflejándose en sus ojos.

Deseo®...
Donde Vive la Pasión
¡Los títulos de Harlequin Deseo® te harán vibrar!

¡Pídelos ya! Y recibe un descuento especial
por la orden de dos o más títulos

HD#35327	UN PEQUEÑO SECRETO	$3.50	☐
HD#35329	CUESTIÓN DE SUERTE	$3.50	☐
HD#35331	AMAR A ESCONDIDAS	$3.50	☐
HD#35334	CUATRO HOMBRES Y UNA DAMA	$3.50	☐
HD#35336	UN PLAN PERFECTO	$3.50	☐

(cantidades disponibles limitadas en algunos títulos)

CANTIDAD TOTAL	$ _____
DESCUENTO: 10% PARA 2 Ó MÁS TÍTULOS	$ _____
GASTOS DE CORREOS Y MANIPULACIÓN	$ _____
(1$ por 1 libro, 50 centavos por cada libro adicional)	
IMPUESTOS*	$ _____
TOTAL A PAGAR	$ _____

(Cheque o money order—rogamos no enviar dinero en efectivo)

Para hacer el pedido, rellene y envíe este impreso con su nombre, dirección
y zip code junto con un cheque o money order por el importe total arriba
mencionado, a nombre de Harlequin Deseo, 3010 Walden Avenue, P.O. Box
9077, Buffalo, NY 14269-9047.

Nombre: _____

Dirección: _____ Ciudad: _____

Estado: _____ Zip Code: _____

Nº de cuenta (si fuera necesario):_____

*Los residentes en Nueva York deben añadir los impuestos locales.

Harlequin Deseo®

CBDES3

Cuando la ejecutiva Liney Reed, también conocida como la «dama dragón» contrató a Raven Doyle para hacer de modelo, como «hombre duro» en su revista Cooking Fantasies, no podía imaginarse hasta qué punto sus fantasías sobre el rudo caballero llegarían a estar al rojo vivo...

PÍDELO EN TU PUNTO DE VENTA

Addy Johnson estaba dispuesta a hacer casi cualquier cosa para quedarse con la custodia de su sobrina de cuatro años. Incluso buscar marido. Addy estaba agradecida a Hannah Harris por presentarle a los solteros más cotizados de la ciudad, pero se sentía cada vez más frustrada al ver que el dominante nieto de Hannah, Sam Dawson, le saboteaba todas sus citas.

Sam Dawson, hombre frío y calculador, creía al principio que Addy estaba intentando aprovecharse de Hannah. Pero entonces se dio cuenta de algo aún más preocupante: ¿podría formar él parte de los planes de casamiento de su abuela? Los atractivos de Addy le resultaban ciertamente tentadores, pero no tenía intención de ser padre.

Se necesita un padre

Jeanne Allan

PÍDELO EN TU PUNTO DE VENTA